如果我还残留一丝针尖
那么多的爱

我将毫不犹豫地将它
刺向你的心

巫昂

仅你可见

巫昂 著

上海文艺出版社
Shanghai Literature & Art Publishing House

目录

1. 我们把先入之见编程了　*1*
2. 六个女人能不能把一个男人团团围住并制服他呢　*5*
3. 气要像珠子、火车车厢、羊粪蛋一样续上才好呢　*10*
4. 我喜欢故事发生在冬天胜过其他三个季节　*15*
5. 我们曾经把最不堪的一面展示给彼此看　*19*
6. 爱情是吉卜赛小孩，从来不会遵纪守法　*23*
7. 有一个大学文化水平的妻子，她让你两天成为塞尚　*28*
8. 你说当晚的星空过分璀璨，不给我打个电话简直没法睡着　*32*
9. 死神正在穿过整个洛阳，去往开封　*36*
10. 人与人之间保持距离可以产生美　*40*

11. 这个星球上每分钟会有三十个人死去 44

12. 喜欢一个作家，会有一段时间的热恋期 48

13. 从漫天漫地的樱花当中穿行而过，
    你大笑着看我爬树 52

14. 我也终于从一个时间的、足以淹死人一百万次的
    隧道里走出来 56

15. 我们是否在梦境中，曾经看见过往生命的闪现 60

16. 任何杀戮都应该在进入冬天之后进行 64

17. 他是助产士，是负责辨别真胎和风卵的那个人 68

18. 斯巴达男人的男子气概是后天培养的 72

19. 我住的地方是孤零零的一座楼 76

20. 人性的放逸和自我原谅，简直是与生俱来的 80

21. 写诗多数情况下并不是谋划的结果 84

22. 至高无上的创作都在于，
    你忘掉了自我的、那一点儿、可怜的，存在 88

23. 我喜爱的大部分作家，在三四十岁的时候都已经死了　92

24. 所有的夜晚都值得好好去过，这是一个深陷黑暗的时刻　96

25. 然后他们就在对面接吻　100

26. 她能干出很多我想干而干不成的事　104

27. 如果有那么一天，我是说死生契阔　108

28. 希望你的年夜饭不是饺子那么缺乏想象力的食物　112

29. 我过上了跟摩拜配套的一块钱的生活　116

30. 他们一直强调：爱就是全然忘掉了自我　*120*

31. 关于分别，永远都仓皇不已　*124*

32. 我只想要大块大块的时间，可以专注于同一件事　*128*

33. 你什么都跟我说，我也什么都跟你说　*132*

34. 我不知道我爱不爱你，你就是我自身之存在　*136*

35. 我现在闭上眼睛都能听到你的笑声　*140*

36. 我狂奔下楼梯，胸口像插了一把刀　*144*

37. 我已经再也腾不出手，把自己的心脏也掏出来　*148*

38. 这容让、给予和不加注释是可能复制的吗？　*152*

39. 爱是跟绝望做的一种拉锯战　*156*

40. 这电话信号结束的时候,我再度回到了生活的这一面　*160*

41. 你的体温比常人要高,像个现成的取暖器　*164*

42. 你在什么地方可以同时拥有
　　钢铁、塑料和水母的质感呢　*168*

43. 人终其一生建立两种监狱　*172*

44. 因为你的缘故,郁金香我最喜欢橘黄色　*176*

45. 春天就像一个刚刚拭完剑上血的剑客　*180*

46. 我对着黑暗默念:X　*184*

47. 完全不应该期待死去的一刻跟此时此刻有何不同　*188*

48. 她认真决定退休之后,找到了很多新的兴趣点　*192*

49. 高速上没有其他车,我要去哪里?　*196*

50. 写诗的人就应该敏感热情又多疑多虑　200

51. 整条胡同被照耀得滚烫　204

52. 长大后我管自己叫小野洋子　208

53. 我们在彼此的疆域里蹦蹦跳跳　212

54. 你偏好麦当劳而我喜欢肯德基　216

55. 我的半边人并没有站在露台的门外敲门　220

56. 我在厕所的镜子里隐约见到了你　224

57. 你帮我封存了 1996 年关于北京的全部记忆　228

58. 我想起你说过兰花应该到山上去挖　232

59. 我将如何擦拭窗玻璃之外的那层玻璃　236

60. 我们是相约一起跳悬崖的人　240

61. 一切皆因木樨地地铁站而起　244

62. 你总是分批分期，分阶段地告诉我事情的真相　248

63. 我们一起遍寻斯坦因　252

64. 然后我们一起站在那里欣赏这只鹿角　256

65. 鸢尾比百合有那种自然的风致　260

66. 那些稀奇古怪的朋友，充斥了我的生活　264

67. 是磨具是修为是趣味是平易与妩媚　268

68. 你透支了我认识金牛男的好运气　272

69. 我生造了一个连自己都莫辨真伪的你　276

70. 漫长的半生已经虚耗　280

71. 不要将亲密当作美必然的环节　284

72. 白色也从白色当中褪去　288

73. 我的巡视，你的沉默　292

74. 我有个特别吸引小孩子的体质　296

75. 从那一刻起，我是自愿为奴的　300

76. 今天我感到略微有些疲惫，可能是昨晚没睡好　304

77. 如果没有三元西桥,就不需要有三元桥了 *308*

78. 我特别偏爱马甲这种衣服 *312*

79. 我们去色拉寺的那天你还记得吗? *316*

80. 我并不指望自己能够恒久或者璀璨 *320*

81. 整个世界都巴别塔化了 *324*

82. 里尔克是个恋爱狂人 *328*

83. 其实她只是找借口要见人家,无耻之尤 *332*

84. 每天苏醒困难真是一件让人烦恼至极的事情 *336*

85. 一个作家是不可以跟人谈论正在写的书的 *340*

86. 就像被切走了一只胳膊,或者一条腿 *344*

注释 *349*

1.

我们把先入之见编程了

亲爱的 X 先生：

不久前，你问我喜欢什么样的交流模式，我想了很久，终究还是觉得写信是最好的，没有什么比信件更能完整地、深入地表达，这些年我写以千计[1]的小说，无外乎也是写给他一封漫长的信，将我身心交付给他，希望他能够全然接受这些东西。北京冬天的白天变得越来越短，躺在阳台沙发上读书，能看到鸽群从楼房一角，集体向西飞去，然后落在看不见的楼那头。整个下午，我都无所事事地看着那些鸽子们飞来飞去，它们画出的弧线预示着什么？

某些时候，我们想要考验人性，考验一个人对你的忠诚度，那只有放到时间和事情里面去。我在想接下来我要写的短篇，一个男人把六个女人关在地窖之内，日复一日地告诉她们这是最好的生活方式，不需要工作，也没有太多家务活儿，她们只需要把他伺候好，做一群很乖的性奴。人被驯化的过程太有意思了，开头的时候，你反抗驯化你的人，用小动物一样警惕的眼神盯住他；接着，你开始听他在说什么，他用催眠般的话语，不停地跟你说一些你原本觉得荒诞不经的话；慢慢地你听进去了，你听到一些词、一些指令，你忍不住要执行它们，要在它们的驱使下，开始行动，比方说，他跟你说：趴在我两腿之间，跪在地上。地窖的泥地又阴又潮，膝盖在潮湿的泥地中并不舒服，但是你跪下后，他明显对你好多了，他开始用温和的言辞跟你说话。

你给我寄来的活页本还有它备用的活页芯，风格简洁，挺不错的，我收到了，可以用它们记下一些小想法。我感觉静止不动的这些天，脑细胞每分钟都在沸腾状态，都快要开锅了，是锅八宝粥。你还想给我寄只鸭子，我觉得这个太夸张了啊，活的鸭子自己会走过来吗？很多年前，有人要买一头鹿送给我，还拍了照片，这也太夸张了，后来他改变主意买了只仓鼠，那只仓鼠终究也没能长成一头鹿。

我们那天聊到最为理想的情感关系，我觉得，最为理想的情感关系一直是柏拉图式的。我们把先入之见编程了，小时候我最怕家里来亲戚，特别是不太熟悉的亲戚，他们坐在那里，而我必须上个厕所，就逃不开要喊他们叔叔阿姨，那是一个尴尬窘迫的时刻，我演不好一个嘴巴很甜的小孩儿。

长大后，因为受了一些资产阶级自由化风潮的影响，又在美国待了三年，我变成了一个嘴甜的大人，但是依然演不好一个女人，演不好一个妻子、一个女友，但是可以做一个很好的知己、一个理解者、一个解释者,甚至是一个浪漫的朋友、一个鼓励者、一个不失温情和温暖的人。我是个拙劣的谈情说爱者,但是开玩笑很在行。

就这样吧,希望你收到信后,心情愉快。

2018 年 1 月 10 日

$2.$

六个女人能不能

把一个男人团团围住并制服他呢

亲爱的 X 先生:

因为要继续写《对地窖说》,一个长的短篇——从来都不太承认中篇这种文体,我今天开始查资料,查资料是很容易"歪楼"的,查着查着,不知道跑到什么小路去了。本来要了解斯德哥尔摩综合征,最后在琢磨啥叫耶路撒冷综合征和慕残综合征。人类真是太有想象力了,能把自己的手想成一个独立的人,你的左手或者右手拥有了独立意志，想要叛变你，离开你，这叫异手综合征。

我还得学点儿土木工程，知道修建一个地窖所需的工序，还有通风系统、焊铁门、给水给电、化粪池还是土法便桶，地窖里有做饭的地方，那么要有煤气炉和抽油烟机，还得把油烟通到外边去。要了解这些女人的经期，要有卫生巾。如果你手里有副国际象棋，棋子是六个女人，你该如何下这盘棋呢？如果只是一个女人，诸如美国被虏七年做性奴的女孩卡罗和她的"奴隶主"卡门龙，相对要好办一点，六个女人能不能把一个男的团团围住并制服他呢？为什么她们没有那么做？

如果喝点儿酒就能把这些问题想明白，我倒也挺想喝一喝的，家里有两箱精酿和两瓶红酒，都被我藏起来，戒酒戒烟戒咖啡，再不整点儿变态题材，简直没法正常地过第二天。

我喜欢我笔下那些有神秘色彩的配角，没有一个配角是让你看得到全貌的。我们每个人，最大的缺点就是具体的经历，你能够认识的，就是你经历的全部。这种认识左右了你，局限了你，包裹了你，定义了你，甚至闭塞了你。配角就是，他们自己也有全部的生活和经历、全部的人格样貌，但是在小说里面，他们只愿意让自己的面纱少少地揭开，多来一点都不好，哪怕是一个卖给你烟的小卖店店主，他难道真的只是一个简单的店主吗？他的过去不是在浓雾之中，隐藏了全部的秘密和张力吗？他没有情爱吗？他不曾杀过任何生灵吗？他不极端吗？他一时间的嫉妒心不曾引发狂风暴雨吗？

我每天都在继续读赫拉巴尔，读他没法太快，一个晚上能读完（未必完全读懂）四分之一本《绝对恐惧》就不错了。"蓝色东欧"书系的第三辑有一半是赫拉巴尔的作品，我当然以前也买过他的《我曾侍候过英国国王》和《过于喧嚣的孤独》，还有北京十月文艺出版社出的他用他老婆的口气写他自己的《林中小屋》。

不知道为什么，今年，我觉得自己到了一个可以好好地、深入地阅读东欧文学的时间点。布拉格是个神奇的城市，"五楼"[2]是布拉格的谜语，赫拉巴尔一生沉迷于五楼这个死亡暗示，一直在收集各种各样的人跟五楼的关系，包括那些在五楼住、在五楼上班、在五楼深感绝望、从五楼俯瞰整个街道、试图坐在五楼探寻内心平静、与五楼有仇、把自己的女人压倒在五楼的床上、在五楼的卫生间吃抗抑郁药物、未必知道自己从五楼出生、造就五楼婴儿……的人们。

五楼的落日会比三楼或者八楼角度更正确吗？

五楼好在哪里？坏在哪里？五楼的下水道一样通畅无阻吗？

我对这个有"五楼执着综合征"的赫拉巴尔很无语，但他确实是一个过分伟大的作家，是一个典范，即便他喝酒，在酒吧高谈阔论，七八十岁把自己摔得乱七八糟，在美国见了苏珊·桑塔格，养过多的猫以至于爱不够分而虐杀它们以减员……他的伟大却并未因此打了任何折扣，我认知的某些伟大跟不幸或者运气是毫无关系的，它是一个人的荣耀感，而荣耀感是因为对比产生的。

因为眼下一只宠物也没有，我打算把屋顶上那只黑灰色的鸽子一厢情愿地认养了，反正你只需要给它起个名字，它就归你了，这个名字喊久了，就会产生感情，感情是无用的，但是是必需的。

我问过你为什么叫X先生，你说是因为喜欢《X档案》那个美剧，我们曾经一起（远程）看过一集，说真的，我不是太喜欢，但不妨碍你给自己起名叫作X，这个名字不是我起的，所以，你成不了我的宠物，听说你打算给我起个外号，希望不要太难听了，难听的话，我只好给你包个红包让你改一个。

就写这些咯，今天天气很好，有晴天综合征吗？怎么才能得上？

2018年1月11日

3.

气要像珠子、火车车厢、
羊粪蛋一样续上才好呢

亲爱的 X 先生：

今天我的时间明显不够用了，虽然起得非常早，也一直一直在工作。我把正在进行的短篇定名为《对地窖说》，以前是一首诗的名字，倒也切题极了，正好。今天进行得算是顺利，此前用《长颈人停在鹿边》给"烤箱"预热，热乎乎的大脑神经每一根都恰如其分，只有进行之中才知道进行之中的滋味，才知道每一天一口气都不能停歇，气要像珠子、火车车厢、羊粪蛋一样续上才好呢。

　　昨天，《我是他的第几个女儿》的责编让我给这个小说来个自问自答，三个问题，八百字，字是不多啦，玩儿似的就写完了，这是上午的事。中午收到了宿写作中心编辑茶曦妹妹寄来的《镇上最美的女人》的校对打印稿，看了两篇。然后去睡午觉，睡午觉前当当快递又来了，送来了一小箱子赫拉巴尔，我重新买了《过于喧嚣的孤独》和《我曾侍候过英国国王》（精装版），前者的译者是杨乐云，翻译于1993年（我大二那年），也许发表于《世界文学》？补买了他的《婚宴》和《甜甜的忧伤》，还有他的一位年轻朋友写的《你读过赫拉巴尔吗》，由此，他在国内出的书，我基本上都收齐了，跟财主家的小奴才一样，弓着腰偷偷摸摸地抱着这些书，不知道躲到主人看不见的什么地方去看才好。

　　有人已经开始在问你是谁了。世上总是不缺好奇心很强的人，我怎么向大家介绍你呢？一个艺术家？一个傻子？二货？自成一体的精神病人？吃饭很慢并且一定要喝汤的宝宝？你是谁，压根没有你存不存在重要。

我的流水账还没说完，午睡之后，开始重新读《过于喧嚣的孤独》，读了五十四页，然后起来给你写这封信，我只有一个小时还可以待在家里，傍晚要出去见一位刚刚拍完新电影的老朋友，发来的样片看过了，这部新电影我非常喜欢。她也喜欢我的小说，我们要去闲聊会儿小说啊电影啊，诸如此类的东西，这类话题在北京二三四环周边，比比皆是，每个饭馆、咖啡馆、酒吧，到处都是在聊小说电影艺术和音乐的人，不知道国民生产总值到底是什么人创造出来的，总是不能靠这些夸夸其谈、天天脸上泛着虚无油光的家伙们吧。

我不但脸上泛着虚无的油光，还坐在一个巨大的氢气球上，一点点、慢悠悠地升天，升天而已，未必能够成仙。工作顺畅的日子，觉得街上每个人都是亲人，窗前走过的出租车司机都英俊无比，面包香气扑鼻，蔬菜的二十四重人格压缩回了神的境界。

再说一说赫拉巴尔，他跟卡夫卡的气质全然不同，卡夫卡是个文体学家，惜字如金，力求每个句子定型之后，都是多义的、丰富的，像雕塑一样。但赫拉巴尔无疑是非常喜欢卡夫卡的，他们同城而居，他在各种地方提到卡夫卡的次数，明显地高于跟他也是同城而居的里尔克。里尔克和卡夫卡差不多是同时代的人，两人相比较，我情感上偏向卡夫卡，而仰慕里尔克，卡夫卡像精神上的亲弟弟，里尔克是个父亲，我们能够感受到卡夫卡式的焦虑症发作、神经敏感脆弱，却难以企及里尔克的神性。

赫拉巴尔像是捷克语世界里的波拉尼奥，去年和前年，我一直在读波拉尼奥，推荐给无数人去看，别人一听到我说波拉尼奥，都开始鼻子里哧出一丝冷笑，意思是你的热烈推荐我心领了，实在读不下去《2666》和《荒野侦探》啊。赫拉巴尔和波拉尼奥都有滔滔不绝、充满诗意地说话的本事和本能，他们一个意思不怕重复，总能翻出新的花儿来说，这跟卡夫卡或者乔伊斯完全不同啊，文体学家们绝对不会话痨，就算写情书也不是话痨款的。

这两种，我都喜欢，但是，很奇怪，普鲁斯特虽然写了那么长的《追忆逝水年华》，他居然也不是话痨，他是一个精致的文字贵族。

好吧，有本事你也买几本赫拉巴尔去读一读，这几天，我成功地把余华安利给了母亲大人，她现在的睡前读物是《在细雨中呼喊》，我又偷偷买了《阿城全集》，打算让她读一读阿城的"三王"，说起来，阿城像是那一票先锋小说家里的槛外人，男妙玉。

新住处离三联书店非常近，但我更喜欢万圣书店，等天气没有那么冷了，可以去一去。

2018年1月12日

4.

我喜欢故事发生在冬天
胜过其他三个季节

亲爱的 X 先生：

今天，我从我的工作里抬起头来，阳光已经软弱无力，可以用来写信的时间照例浓缩成了一个小时，实际上我不想把时间弄得如此分秒必究，如果我是个赌徒，给你写信不亚于走入一个巨大的赌场，如果我喜好吃荔枝，给你写信就是生活在荔枝园内的盲人，醒来伸手摘荔枝，而且荔枝正当季。

昨天跟我的导演朋友请教，如果想要拍一个电影，有了故事，她接下来怎么实现呢？她说，首先要找演员，找什么人来演什么角色，然后要找拍摄的空间，找那些场景去实现这个故事的发生地。然后她需要美术让场景的细节具体化，而灯光让当日的场景光线和氛围合乎她的要求。

所以，关于氛围，我当然有很多心得。写小说本质上就是制造氛围，情节推进并不是唯一重要的东西，有时候，小说可以大段大段地缺乏情节，人物啥也不干，也不说话，也没有表情，你营造了街巷的氛围，营造了天空和街巷的关系，营造了一个小城在午夜两点仅有的一点灯光，和树影与月色的关系，这不是抒情散文，想想之后一个女人独自一人走进林间，她躺下，她打算好好地休息一下，从她的家庭里面逃脱出来，不做妻子也不做母亲，只是跑到小树林里手脚张开地睡一觉。

小镇上的郊外，初冬天气，晴天，有微弱的光，独自出门的女一号，她要干的事无法理喻，但是在小说里面是合情合理的，这就是氛围给了她空间以及情绪的合理性。

我花了很多时间研究，什么样的氛围里，发生什么样的事会比较好。情欲的氛围一定要罗曼蒂克吗？不一定，有反差的氛围也不错。在公司的杂物间，一对男女打算在仓促中来一发，同事们的午休时间，白炽灯高悬发出一点儿噪音，她坐在窗台上背对着光，可以想象，逆光勾勒出来她身体的形态，也许她比较胖？男一号迎面顶上，如此而已，他们能够听到电梯间电梯到达叮咚的一声，或者幻听到工人来杂物间敲门，慌乱，激烈，短促，释放。挺好的。

足够有质感的氛围，值得为此死一个人物。值得他吼叫，值得她奔跑，值得所有的人向同一个地方张望，光线昏暗的狭小空间、开阔的废墟、一望无际的草原里，一辆暗夜中开来的车，我喜欢故事发生在冬天胜过其他三个季节。

二十年前，我们一起在四元桥下散步，沿着一条宽阔的水沟，从四元桥走回我的学校。你还记得有一对小情侣从草木间慌慌张张跑出来吗？我至今记得那个女孩梳着辫子，男孩穿着深褐色的夹克。那是夜里七点半，二十年前的十月中旬，北京已经开始有了进入冬天的迹象，转向微黄的树叶和变瘦了的草梗子。我们认识的时间超过了二十年，超过了我的半辈子，超过社会主义计划经济条件下有些工人一生的工龄。你总是说，我的手适合弹钢琴或者做妇科手术，我观察了一番你的手之后发现，它们有绝望的倾向，你想要自杀的次数一定超过我，很多倍。那段时间，那之后，你成了一个不可救药的无所谓者。

时间杀害了很多东西，包括死的欲望。一个人连死都不想死了，他一定不是恢复了生存的意志，你读了那么多欧洲人跑到亚洲来搞东搞西的历史书，一定非常清楚。

明天我再告诉你我最近的生活心得，挺有趣的。

2018 年 1 月 13 日

5.

我们曾经把

最不堪的一面展示给彼此看

亲爱的 X 先生：

我有一个特别好的好朋友叫某先生，我们常在一起臧否人物（简单说就是恶毒地八卦），总结出一个规律来，凡是写怨妇体文字的女作家，本质上都想靠男人整点什么好处。有所求，要不到，永恒矛盾；无所求，要的就是纯情与纯爱，达不到要求就放手算了，有什么可以委曲求全的？男女之间，太存在主义了，就是彼此选择的结果，一切聚合聚会分散分离，无外乎当事人的选择，选择或者不选择的理由或许千奇百怪，终究都是平等的，于是，不免存在"我即便还爱你，我也不要你了"的奇遇冒险。

我终究还是喜欢卡门式的爱，卡门是谁？她是个茨冈人，她在情爱上十分直接而热烈，绝不欺瞒，此时此刻我爱你，这具体而真实，下一秒钟我不再爱你了，我也不会拖延和敷衍你，因此引起了爱恨仇杀，那又怎么？普希金最血性的就是他的死，男人就应该那么死，女人也应该为了自己最真实的情感付出任何代价，有什么不好意思的？

人们看到一匹野马，往往想把它收服，看不下去它在野地里肆意奔跑，想着用套头和马厩将它化成家畜，这是很奇怪的，野性多好啊，从内到外都真实一体多好啊，踩得满脚都是粪的野性，比穿着西服领带分切火鸡，心里爆出仇恨与优越感浓浆的文明要好。文学本质上是给野性一个合法的身份、一种充满诗意的解释、一次释放、一首催眠曲、一回合两回合三回合无止境的唱诵，在文学的范围内，野性的指甲和头发可以肆意生长，你可以不必为不想剪掉头发和指甲羞愧，你可以伸出长着长长指甲的手，给跟你有共识的人看，你不必耻于暴露自己的肮脏和下贱。

我们曾经把最不堪的一面展示给彼此看，这是我们至今保持特别好的关系的基础，你告诉我你几次意欲自杀的经历，我在你面前喝下了海量的酒，我是从来不在第二个人面前喝下那么大量的酒的，没有理由，近乎神经病的自我克制是我个人遵守的一种规则。多数人以为我是个热烈的体质，不知道魔方略为一翻，就是零下三十八度。

有一天，我去医院帮你拿药，那是接近春节的一月底，北京冷得常常可以看到一辆小轿车冻死在路边，司机两眼翻白。那时候我还没有羽绒服，只有一件米黄色的棉服，我清楚记得木樨地附近有一连串的井盖被维修工人翻开了，白色水雾蒸腾，一个接着一个，地下温泉般，像结了痂的伤疤一样掀开。我害怕失去你，你再度想要提前死去，我和你当护士长的前妻（那时候还不是前妻）会合在门诊大厅，她告诉我拿药要先缴费，收费窗口在哪里，她想给我钱我没要，你已经预先给了我钱，实际上我们三个人所有的钱汇总在一起，也交不了你下一次手术所需的费用。我给好多人打了电话，一位西安的，我们共同的朋友，二话不说管我要了汇款地址。

我怎么知道今天你还活着，还能读这些信，你像是从地狱之门的那头伸过来脑袋。昨晚我梦到自己也动了一系列的手术，身上挖得像当年那些井盖一样，这儿一处，那儿一处，医生说为了避免让我感到疼痛，已经切断了这些井盖的神经，我感受不到疼痛，但是看得到水汽蒸腾，白色的水汽像是我身上的崇山峻岭，我坐在那里俯视自己这片大地，大地上所有的生灵四散，一片片起伏的肌体，还有活的肌肉和血液，多好啊，活着，我在梦里对自己说。

在死亡来临的前一秒，你我会感到一阵轻松：命运终将使我们摆脱"成为某人"的悲哀习惯，并卸下整个宇宙的沉重负担。博尔赫斯说的。这个我们都应该坚信不疑。

2018 年 1 月 14 日

6.

> 爱情是吉卜赛小孩,
>
> 从来不会遵纪守法

亲爱的 X 先生:

昨天谈到《卡门》,卡门唱过下面这段儿:

> 爱情像一个自由的鸟儿,谁也不能够驯服它,没有人能够捉住它,要拒绝你就没办法。威胁没有用,祈求不行,一个温柔,一个叹息,但我爱的人是那个人儿,他的眼睛会说话。那爱情

> 是个流浪儿,永远在天空自由飞翔,你不爱我,我倒要爱你,我爱上你可要当心。像只鸟儿样捉住它,可它抖起翅膀飞去了,你要寻找它,它就躲避。你不要它,它又飞回来。它在你周围迅速飞过,那爱情是个流浪儿……[3]

爱情是一种短暂的人类行为,它像是癌细胞,如果不依附于组织,则无法长期存活,组织是什么?一段婚姻、一种循规蹈矩的生活模式、一段长期的耐力的较量,爱情不变成非爱情的东西,它自己也要死去,这是爱的原罪,也是爱的悖论。能够长期存活的,唯有精神之爱。有些罕有的婚姻,她自身也含有精神之爱,所以,这是可行的,可以源源不断地产生爱情所需的奇怪营养,精神属性的营养。爱情可以站在尘世、凡俗、平庸的天平的另一头,让这尘世、凡俗和平庸免于失衡,免于令人厌倦,那是多么碰运气的事情,多数婚姻不具备这种属性,多数婚姻是为了有朝一日去办离婚手续事先准备的。

当然了，也有一些人，在婚姻里面快乐无比，享受着两个人的生活，也挺好的啊，祝福他们。

"一种极其单纯然而非常强烈的激情支配着我的一生，那就是对爱的渴望，对知识的欲求，以及对人类苦难痛彻肺腑的悲悯。"罗素说的，他这样说挺罗素的。

早起我独自一人去买菜，像一只骄傲的小公鸡奔赴早市。形状、颜色、口味、尺寸、范围，经过在几个摊位迅速的扫描，我买下了菜市场最值得买的那些东西，最离奇的是十只山鸡蛋，大概介于鸽子蛋和土鸡蛋之间的大小，青灰色、灰绿色不等，蛋壳看起来要比普通的鸡蛋硬和光滑，卖蛋的人没有挂出山鸡本人的照片，想象不出她的模样，清晨醒来找不到蛋的山鸡一定悲痛欲绝，她才不管罗素怎么说呢，她觉得世上最大的魔头就是卖山鸡蛋的，助纣为虐的是我这类买山鸡蛋还兴冲冲想尝一尝的。

我的工作很顺利，接下来我还要照顾一下"挣钱片区"的事情，一月份正神不知鬼不觉地移动到了中旬，然后是下旬，青灰色转向了灰绿色，然后突然裂开了灰粉，天空明净的样子真迷人啊。我昨天开始读《我曾侍候过英国国王》，这个小说跟《过于喧嚣的孤独》完全不是一种文体风格，虽然是赫拉巴尔几乎同期写的，他在克斯特的林间，在被剥夺了出版权之后，坐在盛夏的天台上，阳光灼热，"让打字机曾多次一分钟就卡壳一次"。

《过于喧嚣的孤独》像是一首放大的诗、作品里的宗教典籍，《我曾侍候过英国国王》则是叙事严谨、有条有理的小说，赫拉巴尔好像在说："看，我也会写中规中矩的小说，不就是小说吗？"

以前我也觉得，不就是小说吗？对这种文体给予无限的鄙夷，在王朔的痞子文风盛行的时代，很多人写小说，只需要加一些北京粗口，还有耍贫嘴。但王朔用他的《动物凶猛》证明他可以写中规中矩、有条有理而又充满激情的小说，阿城说青春成长文学唯王朔的《动物凶猛》硕果仅存，真是太对了。

我昨天做了点小生意，倒买倒卖了引发核战争所需的茶叶，打算把非法收入用来买一套人民文学版的《契诃夫小说全集》，契诃夫在中文版里面，遇上了他的知己汝龙，两人金风玉露一相逢，真是绝妙。在某先生家看到，这套书品相非常好，我一直想要有一套契诃夫的好的全集，买回来放在书架上，会感觉家里人口多了很多，热闹非凡。

希望你今天吃得好睡得好。

2018 年 1 月 15 日

7.

有一个大学文化水平的妻子,

她让你两天成为塞尚

亲爱的 X 先生:

这两天我没有大块的时间坐在电脑前,写信也成了奢侈,我在处理一些俗务,俗得红尘器器有来有往。昨天,十五年前我工作过的单位的同事聚会,经过很长时间终于约成了,跟他们见面是很愉快的事情,他们当中的大部分人是理想主义者。跟理想主义者在一起最愉快了,你不仅知道他们的优点,也知道他们的软肋,理想主义者的心是外挂的服务器。

在时间的空隙，我读完了《我曾侍候过英国国王》，其中半本是在回阜成门的出租车上读完的。北京天天阳光灿烂，在车上读书没有那么难办，这种书，读完了很想立刻马上重读一遍，但是我又很想读赫拉巴尔其他没看过的书，比如《婚宴》，这是他传记体三部曲的第一部，用他老婆的口气写的，赫拉巴尔的老婆不懂文学，他这么说：

> 一个男人可能遭遇到最大的不幸就是有一个大学文化水平的妻子，她让你两天成为塞尚，三年成为陀思妥耶夫斯基，五年写出一本新的《圣经》来……我算是幸运的，我妻子常因我是个白痴、傻瓜、无赖、撒谎大王和骗子而哭泣，她从来也没有好好读过我写的东西。[4]

这段话，侮辱得最厉害的是塞尚，我忍不住去找了塞尚的资料，有个八卦文章认为，塞尚患有严重的厌女症，所以，他画了很多很多老婆的肖像画，一张比一张丑陋、刻板、古怪，厌女症又是一种心理病，估计女知识分子比没文化的女人更容易引起厌女症患者反感，所以，两天造就塞尚也许是可行的，反正他早在结婚之前就开始画画了，巧合的是，他跟赫拉巴尔一样都是法学院的学生。塞尚后来拿着商人父亲给的一点点钱，在巴黎过着艰难的职业画家的生活，赫拉巴尔则放弃法学院博士的高大上未来，专心做一个体力劳动者，他从事的全是蓝领工作：在啤酒厂工作，在废品收购站工作，做仓库管理员、推销员、钢铁厂工人、舞台布景场工等等。

这么说，在赫拉巴尔正经成为作家的漫长岁月里，一个没文化的老婆跟他倒是挺登对的，他觉得不服气也不行，男人未必要找个精神伴侣共度余生，女人也未必要跟知己相濡以沫。知己啦，精神伴侣啦，保持距离特别好，不然一大早闻到对方的脚丫子臭味儿，忍不住犯恶心，倒不美了。

家里有个很凶的老婆的典型人物是苏格拉底，其实凶的女人未必不适合做老婆，她跟苏格拉底吵架确实会拿起一盆水泼过去。但是出身小商人家庭的她，也挺会勤俭持家的，什么东西都挑打折的、反季节的、便宜的买，搁在家里实用极了，遇到苏格拉底要被判处死刑，她号啕大哭，比女本科生表现得直接有力多了。

归根到底，一个女人好不好，不在于文凭高低，脾气好坏，合用、善良、护着你就行了。我觉得在寻找妻子上，你做得非常理智、明智，我至今都觉得你做了个很好的选择，何况对方并非悍妇，也不会泼你一盆水。寻常的生活，是不需要浓烈炙热的情感垫底的，浓烈炙热的情感"飘风不终朝，骤雨不终日"。

就写这些吧，希望你那里也阳光灿烂。

2018年1月19日

8.

你说当晚的星空过分璀璨,

不给我打个电话简直没法睡着

亲爱的 X 先生:

不知不觉地,《仅你可见》已经写到了第八封信。今天我干了很多体力活儿,人生第二次骑共享单车,绕着小区骑了半圈,然后把车扔在一家店门口,步行回家,外边的天气算是乍暖还寒,马路边的水洼没有结冰,政府部门专门为骑行者设置的暗红色自行车道并不连贯,总是被一些停在路边的机动车截断,我只好一会儿进入自行车道,一会儿又被迫出来,跟机动车周旋。这附近的7-11,是我一直希望去买份关东煮吃一吃的,至今未能如愿。

关东煮最好吃的是煮白萝卜,其次是魔芋丝。

很多很多年前,我去澳门赌场出差,那时候我还是个周刊记者,采访澳门的赌场。一家赌场的老板,拿到了内地所有7-11的经营权,他跟我相谈甚欢,问我,要不要开个7-11呀?那是2001年,我还不是一个小生意人,听到开个店需要日理万机,简直要晕过去了,换作现在,恐怕会高兴到飞起,做点儿小生意多好啊,帮街坊邻居扛扛桶装水,送送酱油醋和小米辣,挨家挨户去发放优惠券,闻一闻各家厨房发散出来不同的烟火气,目睹不同人家人妻人夫的容貌和脾气。

说到人夫和人妻,我要是做社交App,一定会做一个:附近寂寞的人妻和人夫。注册用户必须向后台上传结婚证,非已婚人士不可。我作为这个App的创始人,可以在家挂一面墙那么大的LED屏幕,观赏哪些人妻和人夫,像飞机航线一样有了交集,等到他们到幼儿园接孩子,又可以观赏一下孩子们长得像谁。你一定早已经习惯了我"恶童"的一面,恶童干不了多大的坏事,最多停留在想象力的层面,真坏的坏人啥也不说,照直做。

有一年,你告诉我,夏天的时候,你常常去找个水库潜泳,是潜泳而非游泳,在水里感到渴了,就咕咚咕咚喝几口,再在水里沉沉睡去。那段时间,你最喜欢十三陵水库,我后来跟你去过两趟,我们带了两把小板凳、一只暖水壶,在水库边比较浅的浅滩上泡芝麻糊喝,那是初冬,芝麻糊泡好后香气四溢,湖面微微发灰的水汽,偶尔像是水底有个什么巨大的生物呼吸,打了个水泡,水泡带起一圈又一圈的涟漪。

我们吃完了芝麻糊吃鲜山楂,然后是一小袋花生酥,那天吃的每样东西我都记得,你牙口好,多硬的东西都嚼得动,还能帮我咬开核桃,我的牙齿非常软,软到只能用儿童牙刷。你总是记得这个细节,有一回去日本,还带了猪毛儿童牙刷给我。对晚近的事情我逐渐丧失了记忆,早年的记忆像那些水泡一样,从水底缓缓浮现,关于你的记忆，尤其如此。我常常深夜醒来，想起你说的某句话，觉得简直是真理。比方说，你说过："鞋都穿旧了，鞋盒子还在，一定心里想着搬家呢。"

这么简单一句话，我又多活了二十几年才领悟过来，你从来不扔鞋盒，后来你搬家去了过分遥远的地方，有一天我接到了你的电话，说是走了五公里，到一家杂货店隔壁的公用电话亭打的，你说当晚的星空过分璀璨，不给我打个电话简直没法睡着。

这就是你啊，多有意思。

2018 年 1 月 20 日

9.

死神正在穿过整个洛阳，
去往开封

亲爱的 X 先生：

今天下午我打算开始修改《长颈人停在鹿边》，但还没什么感觉，先给你写封信预热一下状态吧。《你读过赫拉巴尔吗》这本书其实写得挺不错的，我已经读了一多半，不知道为什么，豆瓣的赫拉巴尔小组至少有两个人黑他，说他写得很无味。突然想起来我有个好朋友是研究东欧问题的，回头让她推荐给我两三本跟东欧有关的杂书读一读。

过去，在东欧，有些作家被禁，有些作家被要求修改作品，改好了就能进作协，能拿奖，还能代表国家出国见人。持不同写法的作家，只能用手抄本的形态变相出版，或者偷偷拿到外国去出版，不同写法写久了，人的心就野了，总觉得在不同当中，也有写的必要。

看不见的绳索捆绑着作家们的脑子，他们甚至忍不住按照一种"正确"的方法去写，不至于连累自己，也不至于连累编辑，也不至于发表不了、出版不了。在家里工作的作家，也坐在悬崖边上，这真是特别有意思的一件事。很多很多年前，有个台湾写杂文的作家叫柏杨，他说中国是酱缸文化胜地，就是不管什么东西，到了中国，都要发酵出蛆来，乱七八糟一通乱炖。

前天我和陈博士（你还记得吧，高个子，我的亲弟弟）去我放户口和档案的单位开个证明，那是个部级大院，特别大的院子，陈博士第一次去。开完证明，沿着人行道往前走，我邀请他去看后边家属楼一楼一个奇葩人家，这个人把自己的书法作品、各种彩照、各种证书和领袖题字，用黑色大理石镶嵌着砌在外墙上，密密麻麻，一点儿缝隙没有。

我也特别怕被外国人追问在中国写作有多么了不得，没那么严重，就算是炮火连天，看人家西南联大的师生，跑空袭归跑空袭，回来继续到茶馆里喝茶，去买菜做饭，一路跑一路嗑瓜子的人也有的，都习惯了。我们也是一样的，哪能每天睡醒了先给自己把工作台上的达摩克利斯之剑挂上？我们还不是一样气定神闲地坐在这里，也不想着对立面，也不琢磨别的，先写起来再说。

你干吗不直面现实？你干吗不写一些历史？你干吗要超现实主义？你干吗要魔幻现实主义？你干吗跟现实主义不沾边儿？你干吗写诗？你干吗不写你自己的私生活？你干吗对死亡不发表见解？你干吗不把我的经历写成一本浩浩荡荡的厚书？

我的母亲大人林秀莉讲了一个故事，我觉得挺有意思的，等酝酿一下写成一个短篇，这几天无暇继续《对地窖说》，不过脑海中一直回荡着上次停下来的部分，以千计躺在黑漆漆的地窖脏兮兮的床上，听着无边寂静里的不知道从哪里来的声音，那是地心的声音吗？是地球之内住着人的证据吗？还是死神正穿过整个洛阳，去往开封？

听说今晚有雪，我希望在下周进山之后，山里的雪能够下得更大，并且雪能够落在应该落的地方。

2018 年 1 月 21 日

10.

人与人之间保持距离可以产生美

亲爱的 X 先生：

早上五点半，我被冻醒了，特别冷的冷空气弥漫在窗玻璃之外，但是没有看到预期要下的雪。气温是已经达到了下雪所需，但是水蒸气不够，大气层没有积累足够下雪的水分，只能徒劳地降温，将整个北京城的温度降低，就跟冰室内的鹅蛋差不多了，鹅蛋上挂着屎，和一根干稻草。

于是我写了一首诗贴到朋友圈，于是 B 先生在那首诗下面评论，于是我们小窗互相问候，他还在工作，在做碗，彻夜工作，B先生的工作是我非常羡慕的，如果不是选择了做打字员，我应该像他这样度过一生，做个手工工作者，和热乎乎的泥巴在一起，每做好一排碗，就吃一片红豆吐司，这个点儿开始计算起，再吃两片红豆吐司就可以吃早饭了。

B先生的生活，简单之中有自己的暗河流动，他的心特别静，静到你都听不到水流的声音，我和他从未见过面，却能感受到他身上的寂静之美，他的寂静里有一些光影，有一些疏离和冷静，这是我喜欢的。人与人之间保持距离可以产生美，美是因为没有与美无关的事物参与，才达到了美的程度，当然，如果你要故意让美显得无序，显得脏，你也可以特地去闹出点尴尬和异样的美。如谷崎润一郎先生经常干的那样，他让美下拉出很多细小而变态的名目。但我还是喜欢可以大批量、源源不断产生的美，寂静之美算是一种，你不容易对这类大气的美产生厌烦情绪，像面对了一件明式家具。

今天我把《你读过赫拉巴尔吗》的下半本拿到银行排

队的时候去读，外面的风刮得牛鬼蛇神都怕过马路，天桥上区区两三个行人，几乎像几张纸片儿一样，要被从二环卷到五环外，于是我读到了这样的段落：

> 我认为，作家是这样一个人，他坚韧不拔地走遍这整个田野、城镇和他非常熟悉的地方，在他自身和人们中发现已被埋葬的画面与谈话，当这些画面处于联想的磁场，具有了电荷，就会自己跳入由打字机一行行打在白纸的文稿中来。作家是这样一个人，他能找到通向亡人的那座彩虹桥，善于将他们同活人一样带回来。我认为作家和他的工作并非胜过尸体清洗师，也不亚于使仿佛已经死去的昏迷者苏醒过来的医生与护士的工作程序和方法。作家是那个记不得从什么时候起，就努力要将多方位、辽阔无限的世界移到打字纸上的傻瓜。这是一种人，他的职业不是非做不可，而他又不惜费劲，努力去向其他人说些有

关人和命运的话题。不过这一工作与其说是一种

痛苦，不如说是一种充满好奇的快乐。这是对现

实微弱光芒的寻觅与发现。这光芒照亮的不单是

写作者，还有那些没时间写作的人的道路……[5]

这段话是引用了赫拉巴尔本人的话，原谅我最近举的例子都是他，我还成功地把《我曾侍候过英国国王》安利给我的母亲大人林秀莉，作为她的第五本文学读物，她说自己只喜欢读长篇小说，不太喜欢短篇和随笔，长篇有娓娓道来的故事和人物命运的起承转合，挺容易读进去的。不管怎么样，她正在废寝忘食地读赫拉巴尔，让我窃喜。但是弟妹给她带来了余华的《兄弟》，以她最近对余华的痴迷，这本书，看来她是非读不可了，我想等她读完了再跟她讨论讨论。

你今天的作息恢复正常了吗？熬夜不好，但如果是因为观察天象而熬夜，倒是挺浪漫的，可以原谅。

2018 年 1 月 22 日

11.

这个星球上

每分钟会有三十个人死去

亲爱的 X 先生：

啊，我终于改完了《长颈人停在鹿边》，一个比较轻盈的短篇。第一次写音乐题材的小说，写得……很想和他跳个舞。但这是一个悲伤的故事，一个老年人被年轻人抛弃的故事。但所有的情绪，无论悲伤、痛苦，还是欢乐和狂喜，都是相对的，通常而言，经历过极度痛苦的人，能够体会到另外一极的真味，也往往最终能够收获平静。每一次给你写信，我都体会着平静，光线在电脑附近移动，在白色里面，包含了五颜六色，以及黑暗。谁惧怕黑暗，谁就无权享受日光下的生活。

人既需要是怯弱的、怕死的，又应该对最后的归属之地无所畏惧，人应该既充满诗意地生活，又不回避庸俗不堪，跟你的屎尿屁达成一致。在这当中，会形成微妙的光亮，是黑暗世界的馈赠，我们在自己的黑暗期度过那么久，回头在日光之下会有鱼鳞的光影闪现，这是必然的回馈。

现在不是我的黑暗期，我的黑暗期已经结束，现在也应该不是你的黑暗期，你经历过那么多波折反复，又常常在荒野中生活，你一定也知道方圆几百公里空无一人的境地是什么样的。我暂居的这个老小区，每天都有一些老人在墙角做操，他们使劲努力，为了多吃下一碗米饭，这种努力挺有意义的。如果一个人每天既想死掉，又坚持再多吃一顿饭，这个悖论本身就足够完整了，是所有人最为真实的处境。每天都在幸福之中是不可能的，每天被不幸和痛苦缠绕，也是不对的，具体的时针和秒针，每六十秒进入一分钟，每六十分钟再进入一个小时，时间在消逝的同时，验证着每个生命体的坚持。

我每天给你写信杀掉了一个小时的生命，这是我希望的，快速行进一个小时，心无旁骛一个小时，一个小时后发现一个小时前的我死去了，替那个我料理了后事，然后给接下来的一个小时刚出生的我喂奶。

公元830年，玛雅科班城突然停工了，五年后，帕伦克的金字塔神庙停工，六十几年后，笛卡尔建设中的寺庙群停工，909年，最后一个城堡停工了，玛雅人集体向北迁移，像是有一系列不可知的事情促使这个过程具体而真切地进行。没过多久，玛雅文化彻底消失了。放大到一个大的事物，消逝的进程也是如此具体，我们看不见自我的消逝，因为外边的皮肉貌似还在，但是一个小时之前的热情也许消逝了，一个小时之前的活力正在丧失，一个小时之前对于某人的爱，瞬间无存，这是多么残忍的事情。

这个星球上每分钟会有三十个人死去，一个小时死去一千八百人，死是不足惜的新陈代谢，是不必过度惋惜的客观存在。如果不只是人呢，是所有的生命体呢，那就不计其数了。死亡发生在我们每一寸皮肤和每一次呼吸里面，这是细胞也在死去的客观事实。我这分钟打下的这行字，覆盖了上一行，上一行已经永别了人世，有人妄想文字永存，大部分文字不能够永存，它只是暂存，秒散。

下次我们说点儿带希望的话题吧。

希望你今天过得愉快。

2018 年 1 月 23 日

12.

喜欢一个作家，

会有一段时间的热恋期

亲爱的 X 先生：

今天我休息，早起读了会儿黑格尔的《小逻辑》，电子书，当课外书一样读一读。黑格尔的书在哲学书里算好读好懂的了，偶尔读一读，解解文学书的腻，也不错。中午 S 先生来访，我们在一起拿着 Y 先生的画册，足足看了半个小时，挨个儿评论赞叹。Y 先生是个勤奋、有才能又达到自由之境的画家，常常去山里写生，偶尔围观一下他的世界，觉得他内外是非常统一的。背着人夸奖人是一种美德，有几个人经得起背后夸呢？大部分当面都夸不下去啊。

每次跟S先生见面，都觉得他比上回又好看了一些，他在山里住了很长一段时间，爬山跑步健身，过得挺鲜活的。我宅在家里"KEEP"，练练拉伸、无器械健身和瑜伽，比一动不动好一些。人应该生活在大自然里，如果不能够，就躺在健身垫上。

我们在阳台上晒太阳，漫无边际地聊天，我怂恿他读至少一本赫拉巴尔，比如《过于喧嚣的孤独》，我猜当当最近卖出去的赫拉巴尔，有一半是我怂恿的结果。我还告诉他我最近的"男友"就是赫拉巴尔，每天跟他在一起的时间超过一天的半数，睁开眼睛他就在枕头边，起床前先读一会儿，下午会读一会儿，晚上接着读。跟他的贝克大叔、老婆、废品收购站的同事汉嘉、老来的各种一起泡金虎酒吧的年轻朋友们、他住在克斯科林中小屋的猫们，都混得越来越熟，我都发现自己写小说不知不觉地受了他的影响，变得话痨起来。

惜字如金的以千计也要巴比代尔[6]起来了吗？

以千计确实可以捷克一点，赫拉巴尔一点，以千计又不需要对自己的人格守身如玉。

喜欢一个作家，会有一段时间的热恋期，有的热恋期非常久，而且持续多年，比方我喜欢卡夫卡、加缪和冯至，都超过二十年，有段时间迷恋钱德勒，又天天说波拉尼奥，又张口闭口卡波蒂，也曾经非奥康纳不读，那些时间回想起来，都是极其美好的情境，都变成我精神性血液的一部分，也让死去的脑细胞复活。当你理解了卡夫卡，就想再去读读索尔·贝娄，读一些索尔·贝娄，就忍不住找出辛格。读《巴黎评论》每一本，都觉得在讲自己老家的事，每个作家都跟亲戚一样。做一个随和的读者，是非常幸福的，即便自己一个字也不写，我也乐意做一个幸福的、终身的读者。

这是一些闪耀着光芒的事物，我昨天答应你讲一讲有希望的事，想来想去，对我来说，文学就是充满希望和善意的事情，文学像是永远含在我口中的、一块化不掉的硬糖，当然我没有糖尿病，也像今天北京这样的天气，阳台上暖洋洋的阳光，被文学挟裹、侵入、捆绑，都是 SM 爱好者的激情时刻，都比温吞水一样的现实生活好得多。

晚饭吃了一个馒头，此刻正在跟面食搏斗，我得去喝点生普助消化，希望你度过愉快的一天，并读到这封信。

2018 年 1 月 24 日

13.

从漫天漫地的樱花当中穿行而过,
你大笑着看我爬树

亲爱的 X 先生:

今天我没有很多时间坐在电脑前,唯一的一点时间是晚饭后,一点点,不知道够不够写完一整封信。去山里的计划正在倒计时,听说山里下雪了,但也不一定,可能我一到,雪就化成了水,从半山腰流下来,这种情况也挺正常的。

很久没有看到完整的、大规模的雪。二十年前北京的雪，还足够在操场上堆成雪人，下雪的时候，我穿着拖鞋赤着脚出去溜达，身穿红色小马甲，里面是棉毛衣，下面是橄榄绿的运动裤，在雪地里拍了很多照片，所以记得。那时候整天只知道咧嘴大笑，在雪地里撸串儿喝冰啤酒，能在雪里一直坐到深夜，不怕严寒地喝掉一瓶冰啤酒，然后就醉了。

下雪的天气，我整天无事忙，一会儿去松树上打下来雪，一会儿去操场上狂奔，一会儿要下到结冰的湖面使劲在上面蹦跶，看能不能掉下去，总之那时候生命是过剩极了，唯恐天下不乱。学校附近有个树林子，你还记得的吧？那个树林子里有条路，说不定路走到尽头，能一直走到机场，但是我们每次散步都没有走到尽头。如果走到尽头，可以去看看飞机如何从跑道上无限上升，沿着一条看不见的斜坡去往天上，飞机飞上去了不回来的，就变成了飞碟，多数飞机是成不了飞碟的，它们甚至惧怕鸟。

1996年的北京的天空，对我而言，只有那么一角，还没三明治大，将台路斜穿其间，自将台桥下横穿，上面是机场高速,那是我最熟悉的路口。桥下有个喝啤酒的酒吧,世界杯期间提供通宵看球的服务,我们一起去看过一次,夜半两点多,你还记得的吧?后来那个地方,我把它写到以千计的系列小说《有人迷醉于天蝎的心》里去了,我还记得那块酒吧跟前空地的大小,夜晚的灯光照在空地里,你看不清楚水泥地上有没陈陈相因的呕吐物,也看不清有没有打架斗殴留下的血迹,附近的一个老宾馆是非洲黑人兄弟的聚集地,他们也会来这个酒吧喝酒,他们自带一片乌云,黑漆漆地坐在那里喝一整个晚上的酒,但通常只点了一支瓶啤,其他的就不知道从哪里弄来的,只凭一支瓶啤一样可以喝醉。

你喜欢那个酒吧,因为可以看足球,还有网球,还有便宜但我们谁也喝不了多少的啤酒,我们有时候在里面傻呵呵地坐到深夜,然后你坐上公交车回家,我走路回宿舍睡觉。将台路上树影斑驳,骑自行车的人多过开车的,那时候,大部分人冬天穿着灰黑的羽绒服或者棉服,我记不清你冬天穿了什么,也许,没等到冬天到来,我们就很少见面了吧。

我的记忆已经发生严重的变形和错位，像一副被彻底打乱的牌，所有的次序都不存在了，后来的时间叠加着前面的。我在北京的最初几年，每一天都是阳光灿烂的日子，冬天也是，春天也是，我们去遍了所有的京郊，爬了无数的山，还去过玉渊潭公园看樱花，从漫天漫地的樱花当中穿行而过，你大笑着看我爬树，我反过来大笑着看你爬到树的最末梢，你爬树的本事比我强多了。

然而我已经记不清那是哪一年，哪个月，四月份樱花开了吗？

那天我们吃盒饭了吗？

你还记得吗？

2018年1月25日

14.

我也终于从一个时间的、

足以淹死人一百万次的隧道里走出来

亲爱的 X 先生：

今天我们来聊聊有病，最近我总是需要让身体向后打折，躺在床的一角，让脑袋瓜垂在床边，脊椎可以向相反的方向弯曲，站在任何一个门边，总是下意识地两手扶住门框，身体向前拉伸，让背肌朝相反的方向动弹动弹。时间长了，相反的，成了一个褒义词，脊椎如果有机会叛变，朝着相反的方向弯曲，那就是脊椎最幸福的时刻，要是人的脖子可以扭转，脸朝身体的前面过一年，转年的时候把脸朝着相反的方向长一年，该有多好啊。我常常拿着书，举起来，向着天花板看，要是有个很高的工作台，就可以站着工作，要读电子书，就把电脑架到脖子那么高的位置去读。

去年我以为自己开始老花了，小孩子凑大人的热闹一样，到处去借别人的老花镜来试戴，每个人的度数我都觉得适合自己，都觉得世界清晰了很多，别人脸上的斑点和皱纹都看得出，过了几个月，无论多小的字，又都看得清清楚楚，这才结束了假老花时代，又做回几天年轻人。

生病是意识到人生无常的最佳度量衡，就像战乱是世界无常的尺子一样。我被一些病困扰了二十五年，腱鞘炎加网球肘，倒也没有死掉，脚上一个鸡眼跟地理课上的地球仪一样，这里长了几年，又移动到另外一处长，也没有因此夭折。最隐形的病是健忘症，我已经和它和平共处很长时间了，你如果问我某年月日，你我见面的情景为何，我可能没办法想起来，但是在写个什么文章的当下，那情景又清晰如放电影——电影胶片从地库里搬出来，放到放映机上，吱吱吱地转动起来。我甚至能够回想起你拿来喝水的马克杯的形状、颜色和质地，你手持它的姿态怎么样，以及你站在什么地方，正在读什么书。我们安安静静什么也不做的时间里，各读各的书。

你搬家到遥远的地方之前，给了我两捆外文书，都是外国人在远东的历险记，还有一本斯诺写毛泽东的传记，每一本的厚度没有少于十厘米的，那些书一直就那么捆着，在书架上，当年捆它们的绳子，慢慢都显出了年代感，褪色的绳子代表了时间的流逝，但比起更为长远、开阔和深刻的时间，它们不过是一秒钟不到。

要让记忆调出仓库，需要库管的同意，否则他的存在失去了意义，会被上级发现，上级会废除他这个岗位，他只好回家吃低保去了，这不人道。所以，我既非常地健忘，又非常地擅长记住一些事情，我对声音和光线有自己的储存卡，我记得当年学校走廊深处传出来的水龙头没关紧的声音。在夜半，也记得有一年租住的楼房里，五楼一对夫妻吵架的声量,他们的挂钟在夜里十点半不到,从墙上掉落,四散在地板上,还有一块零件飞出窗外,正好落在我的窗台上,那是挂钟上调节时间的钮。我和你从来没有吵过架,我们连气都没有怄过,你决定了离开我,然后就离开了,我连怄气的时间都没有,但是我也终于从一个时间的、足以淹死人一百万次的隧道里走出来,确认自己听不到隧道入口处的收费员在说什么,也把所有的光亮隔绝在记忆之外。

然而,我并没有感受到任何伤害,伤害是缓释的,死亡是大自然给予所有生命体的终极伤害,我在 22 岁就知道。即便伤害不可避免,我仍然在狂奔去往末班地铁看你的时候,没有丝毫的迟疑。

至今如此。

2018 年 1 月 26 日

15.

我们是否在梦境中，

曾经看见过往生命的闪现

亲爱的 X 先生：

大家还在坚持不懈地猜测你是谁，包括过去认识我的人在内，没有一个猜对的。你并不存在，是一个虚构的人物，也许你存在过，在若干个人的身体里面，最后拼图出来的也不是一个真实和唯一的人。所有的存在，本质上都是虚构的，是《金刚经》说的"如梦幻泡影"。一切的八卦都是为了八卦出来一个漂亮的图景，世上哪有什么漂亮的图景不依赖想象力啊，可是，最美好的，跟最丑陋的，皆由想象而来。我们说：这个人是个坏人，那也是想象出来的，没有一个人坏到恰如你的想象，人在这个语境、章节、氛围里面是坏的，也许在另外一个语境、章节和氛围里面，好得不能再好。

我依赖想象力工作，最后出来的成品又追求跟"真的似的"。我常常举卡夫卡的《变形记》为例，《变形记》里的格里高利大早上变成巨型甲壳虫，这个事儿肯定是虚构的，然而，卡夫卡却要用精准而冷静的语言，让它读起来像真的，像确有其事，这多半是出于一种描摹的需要，需要倾注全力去想象一个不存在的东西，直到他活灵活现地站在眼前，哪怕是异形，是怪兽，是真假难辨的事物。

我们是否在梦境中，曾经看见过往生命的闪现，过去那个轮回的一生，在梦中，出现了一些记忆的碎片，我们真正经历过的，又是否真的存在，或者不过是想象的结果，一切的实有和想象之间的区别在哪里？作为一个热衷于虚构的人，虚构的吸引力到底在哪里呢？虚构的叙事是不是一个圈套或者陷阱,文学的实相和真相又是什么?

一个骄傲的人肯定不能满足于彻头彻尾的现世现实生活,俗世不能完全喂饱他,简单说,对于文字工作者来说,虚构算是路途之一,而那些选择非虚构文体的人,谁能保证他们是彻头彻尾的客观?任何经过心,或者说经过思维过滤的事物,都是唯心主义的,心是一个过滤器,一个屏障,也是一层保护膜,人有纯真的欲求,也有让任何事物庸俗化、不洁净的本能,在纯真和不洁之间,多数人犹豫不决,难以取舍,我也不例外。

我说心,而不是头脑,头脑挺扯的。

山里,早起雾气弥漫,看不清山上的路和路里面的细节,也不知道有谁开着车正要上山,在近乎消失了一多半的世界里醒来,我恢复了正常作息时间,早起拉伸,打开窗户呼吸新鲜空气……一分钟,太冷了,冷得鼻子快要冻掉了,大象的鼻子更难保住。

不知道你在那遥不可及的地方是怎么早起和呼吸第一口新鲜空气的,你学会了淘宝之后,真的很接地气,昨天收到了你寄来的暖宝宝，一时间不知道用在哪里为好，我的整根脊椎都需要拿个电熨斗烫一遍，在人工智能盛行的年代，人体电熨斗的发明是不是可以提上日程了？

我静候着山里的雾散去，阳光能够如期而至，以及，我正在读赫拉巴尔的自传体三部曲的第一部《婚宴》。

2018 年 1 月 27 日

16.

任何杀戮

都应该在进入冬天之后进行

亲爱的 X 先生:

前天你问我如果组成一个合唱团,我想唱哪个部分。我不懂一个合唱团如何构成,我大概最适合帮着收椅子吧?我好像既唱不了甜美的声部,也无法介入深沉,没法发出维也纳男童合唱团一样的声音,只有变幻无常的音色,时而滑稽,时而走调。

一个人想要学会认真说话、唱歌,多难啊,特别是唱歌。在山里，我找到了一条散步的路线，在没有其他人的路段，我会猛地大声嘶吼一会儿，喊出来一个声音，不带任何意思的："啊——呜——""啊——呜——"

回声效果不错吧。

"一个人如果对自由没有这么多的爱，并不那么珍视保全自己的人格，那么他会对你我发号施令吗？对这样的博学之士只能说，我们感激你如同感激历史，感激金字塔，感激那些作家。但现在，我们的时刻到了，我们从永恒的寂静中诞生，现在我们要生活了——为自己生活——不是作为丧礼上的扶棺者，而是作为我们时代的维持者和创造者。"爱默生——梭罗的老师说的。

要继续写《对地窖说》，我想写得放松一点儿，让以千计君在冬天拥有更多的诗意和迷乱，让他也有机会"啊呜啊呜"一会儿，我喜欢小说里面有萧瑟的气氛，冷和硬，像一部无法全然播放出来的默片，我推崇冷和硬，水泥和沙子，黑灰的色调，胜过其他，这个小说就是如此，这种色调让人心里一次性地发散出冰冷的体温，骨头都要冻碎了，碎裂的骨头别有风味，散落在破旧的水泥路上，任由来来往往的巨型货车碾过。

任何杀戮都应该在进入冬天之后进行，并在冬天结束之前完成。让血尽快凝固，风干那些肉。

在冷和硬里面，你对爱也好，温暖也罢，才可能有因为强烈对比带来的反差，好像冰天雪地里的木屋，炉子已经熄灭，你掀开被窝，钻进去，那里边有个全裸的人，睡得热乎乎的，等着你。谁还计较你跟这个热乎乎的身体是不是生死之交今生挚爱，差不多就行了。

我不知道一个小说的情节如何进行，只需要知道一个小说的大概感觉如何，就可以开始写了，也不知道会出现几个人物，有些人物好像躲在街道的阴影处，突然出现，然后就介入了小说，他们的存在具有一定的神秘性。这也是小说跟电影不同的地方吧，电影要做很多物质准备：演员、道具、场景等等，提前都得知道甲乙丙丁，小说不需要，它给了即兴和不确定性很好的空间。比方说，我需要给我的人物派一辆车，然后司机出现了。每次写司机，都让我感到兴奋，形形色色的司机，背对着你，只给一个大背影或者小侧脸的神秘的司机，一定是非常有质感的，话不多的司机尤其如此，你怎么知道他身上到底有过什么故事，干过什么让你意想不到的事？

电梯司机也不例外。

好啦，我刚散完步回来，这下好了，整个房间的温度提升了三度，湿度计也开始工作，目前的湿度是55%，再热一点再湿一点，我就要睡着啦。

晚安。

2018年1月28日晨

17.

他是助产士,

是负责辨别真胎和风卵的那个人

亲爱的 X 先生:

这些年,我感觉自己像是奔跑在一辆速度均匀的火车边上,它在它的轨道上始终前行,匀速地,和缓地,偶尔鸣一下汽笛地……要跨过围墙、栏杆、月台上送乘客的人、卖东西的小贩、风霜雨雪、没有路灯的黑暗、过分尖锐的噪音,我始终奔跑是因为如果被它落下,就失去了依傍,这个依傍是精神化的,无条件的,不求回报的。很多人失踪在这条铁路线上，有些人被雪堆埋了之后，再也看不到了，也有些人性子急，恨不得一下子跨过三排栏杆，或者从乘客们的脑门上跨过去，他们从半空中坠落的声响，常常响彻月台。

你可能看到野兔也奔波其间，野兔通常是灰褐色或者深灰色的，纯白的野兔在野外待久了，自然被染脏，脏兔子毛不时从你腿边擦过，你很想停下来抓个兔子烤着吃，把那些堆放在月台一角的木材砍成烤兔子的燃料，天气太冷，不吃烤兔子简直对不起自己。

我也停下来烤只兔子吃，然后继续奔跑，有时候跑不动了，就快步走，也一瘸一拐地走过，当然了，也爬过，也在地上号啕大哭过，不管多么不堪的事情我都干过，就差大小便失禁了。

昨天夜里我在读柏拉图的《泰阿泰德》，这实际上是苏格拉底和泰阿泰德的对话录，苏格拉底简直太坏了，他说自己并非掌握智慧的人，他"不生孩子"，但他是"助产士"，是负责辨别真胎和风卵的那个人。我感觉他说的助产士，更像是教师所起的作用，教师让学生在提问中了解到真知，通过自己的思考，获取智慧。不停地深入地提问，以期论证提问之后的答案真伪，就是教师的功用。

苏格拉底会问出这种问题，能把人活活绕晕："有没有可能一个人在认识某个东西的时候不认识他所认识的这个东西？"进而，这个问题还会延展为："有没有可能既清楚又模糊地认识；是不是只能认识附近的东西而不能认识远处的东西；有没有可能既强烈又微弱地认识同一个东西？"

读这种书，确实有一种把大脑内部的膀胱都一并打开的功效，膀胱中一泻而出的尿液，促使你的尿意浮现于脑海当中，尿液将大脑内部的球体浸泡着，它浮在上面，散发着幽蓝的微光，忍受着尿骚味儿，既坚忍又滑稽。

读这种书，不知道为什么，会大半夜自己笑起来，笑得莫名其妙，好像在去往古希腊的岔路口，突然碰到了骑牛的老子，老子手里还正在啃着汉堡或者三明治，喝鲜酿啤酒。读这种书，可以充分体验到思维的快感，仅仅靠着思维，你就到达了一波又一波隐约而至的脑高潮，生理性的快感伴随着心理性的窒息，所以，读这类书是可能上瘾的，我奉劝你轻易不要开启这个阀门。

冬天的夜晚非常漫长，很适合完全彻底地去读书，何况是在山里。我仿佛听到还不打算冬眠的一两只鸟，在远处鸣叫，也许是幻觉。这里安静得连风吹过心血管的声音都听得清清楚楚，然而我不打算去数心跳的次数，心跳到一定的次数，它自然会停下来，为这个操心，是最无聊的。

不知道你的冬天通常怎么过？下次写信，多写几句，像我这样写够一千字是最好的，当然啦，也不必刻意勉强。

2018 年 1 月 28 日夜

18.

斯巴达男人的
男子气概是后天培养的

亲爱的 X 先生：

今天我的工作没有安排得那么密集，我略微拿了一些时间查找健身的资料，最近的重点是腿和腹，前两年腰肌劳损，据说是职业病。我的职业抽象，病倒是挺具体的。热疗了整整一个冬天，我个人迷信热疗，觉得世上没有一种病不能通过热疗而治好，包括心病，热乎乎的水、热乎乎的心肠、热乎乎的食物、热乎乎的豆袋，这都行，你在冬季跟一个人手拉手，对方的手热乎乎的，这就能让一路上的时间比较好打发。

舒适地死去和煎熬地活着相比，我选择好好锻炼身体。基本上去年初夏以来，每天耗费在锻炼身体上的时间有一个到三个小时不等，健身垫随身携带，进了山也不例外。朋友送我来这里，不得不帮我搬运好几箱子书，还有健身垫，他问有没有带钓鱼竿和老头乐，我说缺个会做饭的老头儿，老头儿又倔、话又少，但是会做饭就行，他建议网购一个人工智能老头儿。

我要是有个儿子，就想给他起名叫斯巴达、巫斯巴达。这样崇尚很好的形体和体质，反正灵魂随机配送啦，精神属性呢，万不得已可以下载一些。实际上，斯巴达人是残暴的人族，他们会把被他们视为奴隶的希洛人大白天在田间杀死，还专门选那些精壮男子去杀。他们还会把希洛人灌醉，像对待小鸡崽一样在公开场合肆意凌辱，甚至希洛人会被一年一度地鞭笞，鞭笞和鞭挞不同，鞭笞是种刑罚，鞭挞本来也是拿鞭子抽的意思，后来成了励志用的中性词。

斯巴达人自己也抽自己的人,但不是为了羞辱,每年在神殿里头,也要把自家男孩们拉出来,用鞭子抽上一抽,是为了锻炼他们的意志。斯巴达男孩,得不怕黑,不怕死,不怕疼,不怕饿,不怕受虐,不怕孤独,不哭不闹,不挑食,还要培养各种竞技手段。总之,这样强加训练出来的男人,冷血,铁血,热爱武功暴力。

如此说来,我真是个反人类的母亲,儿子是虚构的、抽象的,坏主意是具体的、生动的、不正确的。

我们曾经开过类似的玩笑,关于要不要合伙制造个孩子,那时候我太年轻了,不知道这意味着什么,你也觉得斯巴达是个不错的男孩的名字,因为你骨子里也是个斯巴达,徒手攀岩什么的玩得溜溜的。我记得你在玉渊潭公园过桥,基本上不要走桥上的石板路,偏要从侧面的小石棱沿徒手悬空攀爬过去,我挺崇拜这种奇怪行为的,这是我们脑子里都残存着斯巴达因子的铁证。

我喜好行动敏捷胜过迟缓松弛,喜好猴儿过山一样的敏捷，飞檐走壁什么的轻功，确实好啊，要是能够拿着一大碗热汤面，半夜里飞檐走壁，还包着头，只露出两只眼睛（一只也行），那就是我的英雄。男子气概，无非如此，雄的雌的，有点儿这种男子气概都挺不错的，跟人生气，一角敲碎了的碗飞过去，取了人家的首级，这种中式斯巴达，我也喜欢。

越说越不像话了，还能不能做个好人呢。希望你火速忘掉我是个好人，往坏的怀抱里钻。

2018 年 1 月 29 日

19.

我住的地方是孤零零的一座楼

亲爱的 X 先生：

照例汇报今天的生活，今天起床后极其慵懒，怎么说呢，十点多了还在地上找感觉，冲了一袋挂耳咖啡，喝了一个小时没喝完，借故不想喝，山里没有面包买，所幸有山东饸面大馒头，五个馒头四块钱，便宜得我很想买上一箱子晒成馒头干。馒头蒸热，就着放凉的咖啡，穿上羽绒服坐在阳台上，阳台一侧已经破败，一边墙上露着灰，钢筋水泥的内结构暴露出来，不知道是不是被哪里飞来的炸弹炸过，但我在墙上没有发现弹痕。

有的话就好了。

这里离最近的车站，走路也要半个小时，还得快步走，我没有走过。我住的地方是孤零零的一座楼，楼里有看不见的住家，偶尔夜里有人开着车回来，车灯照在楼下，如果好奇心很强，可以跑去看来者何人，是一个还是两个还是全家，但我从未真的跑去看过，灰白的楼，一二三四五层，我住在五层，顶层的倒数第二间。

你听我这么描述起来，是不是感觉我住在精神病院啊？除了入口处没有形同牢房的防护铁门。但是有个不大不小的院子，院子里有个木屋，本来打算做成供人住的木屋，后来也就荒废了，我在阳台上见过两三只流浪猫在那里找吃的，那里放着垃圾桶，实际上，打扫卫生的人很少来，几乎一个礼拜才来一次，有些食物从这周放到下周，恐怕也要放烂了。但最近气温低，食物冻在里面，跳进去找吃食的流浪猫可能会有所收获。我掰碎了一整块馒头，从楼上给它们扔下去，它们也抢了起来，吃完了一起抬头看我，我们在暮色中对视了不短的时间。也许是山里的时间被拉长了，一秒与五分钟无异。

接近中午，你可以感觉到外面的雾气渐次散去，这里聚集的雾气往往是城市里的数倍。浓雾笼罩的时候，向窗外看，你会误以为自己生活在一个天上的浮岛。一整天，我一直在放鲁宾斯坦弹的肖邦 21 首夜曲，用一只很不小的蓝牙音箱，像个飞碟悬浮在半空中，肖邦与鲁宾斯坦的雄雄合体就在其间。鲁宾斯坦的演出视频我常常看，他在钢琴上的手指那么肯定，这种肯定像是已经对钢琴所象征的国土有着全然的认识，已经无数次步行过、丈量过、抚摸过。

22 岁或者 23 岁的时候，是我对肖邦痴迷到令人发指的时间段，当然了，还有莫扎特。我从二手家电市场买了一套音箱放在宿舍里，后来常常被同走廊的人在门上贴条，很不客气地提醒我不要扰民。一个喜欢听古典音乐的小年轻是很可怕的。转过年去，我去北京音乐厅找了份兼职，正经八百地听起了音乐，上班那个月恰逢北京国际音乐周，听过阿格里奇的现场，还有麦斯基的现场。

在音乐厅工作的那段时间，我常常在漆黑一片的厅里睡午觉，无限的寂静里面，耳朵因为过分安静而听见了很多琐碎的声音，幻听随之而来，半梦半醒之中，会感觉有海浪声，或者某个人喃喃自语，极度安静的环境里面，蕴含着最大的喧闹。

夜晚如期而至，我要去看看流浪猫们来了没有，还留了一个馒头给它们吃呢。

2018 年 1 月 30 日

20.

人性的放逸和自我原谅,
简直是与生俱来的

亲爱的 X 先生:

今天是我 44 岁生日,从头天半夜开始,宿的同学们就开始在群里和小窗里面开派对。有人要提着蛋糕,坐上很长时间的汽车来找我,我本来觉得这样太夸张了,失去了闭门不出也不见人的意义,她说她不是人,是个天使,这也太娇嗔了,好吧,你能拒绝一个天使的好意吗?

在天使到来之前,我打算给你写封信,然后,专心致志地对付天使，天使会带着火焰枪和迫击炮来吗？

这些天，我陆陆续续读完了赫贝特的《带马嚼子的静物画》，一个作家写画论写得这么具体、生动，倒也不错，不过《带马嚼子的静物画》那幅画本身，我不太喜欢，超写实主义的画风，并没有特别的感染力。荷兰画家我喜欢博斯，喜欢他那近乎超人类的想象力和无穷无尽的空间感，他是上帝派来显示脑洞和神之谜语的，通常而言，神一边感染人，一边讽刺人，一边显示他的神奇，一边收回他的成命。有一段时间，我恨不得买个放大镜来好好看博斯的画，那无穷的细节里蕴含了一切，有和没有的，在和不在的，天内和天外的，思维够得到的，和够不到的。

还有尼德兰画派里的凡·艾克兄弟，喜欢他们那种精准、肃穆和克制极了的鲜艳，他们最擅长的是表现金色，金属材质的东西和衣服上的金线，简直让人目眩神迷。他们能够把尘世的人提高到圣徒的地位，细节丝毫不肯胡来，然而精神层面，即便是画贵族，这些贵族也不是肤浅而庸常的肉身，他们赋予了锦衣玉食者灵魂层面的东西，将神性还给人，是他们最厉害的部分，因为人在神性里面不感到拘束，本质上是很难的，人性的放逸和自我原谅，简直是与生俱来的。

我犹豫了一下要不要说凡·高，但凡·高难道不是全人类的默认选项吗？不需要专门提出来。凡·高技法层面最难得的就是放松，他是个真正的浪漫主义者，自由自在的茨冈人一样的灵魂，某种深入骨髓的朴实无华，他在疯狂之上撒上了凝固，凝固了的疯狂变成艺术品之后，不仅没有杀伤力，反而构成了一种新鲜而激烈的美。人们很难逃开这种美的吸引，会忍不住驻足，这跟蒙克给人的观感有点儿像，那些画有因为疯狂和激烈带来的能量，像是一个人传染给一大群的人瘟疫或者病症。

凡·高和蒙克是情绪化的，哈默修伊是去情绪化的，巴尔蒂斯是控制你的情绪的，博斯呢，啥叫情绪？

无论如何，我还是容易迷醉于形形色色的宗教题材画作，在大都会博物馆，能够让我长时间逗留的全是基督教题材的作品，百看不厌的圣母受孕启示，永远不觉得有问题的三角构图。拙朴到近乎是一个泥瓦匠的乔托，他把人物比例拉长了，似乎在说：啊，天和地之间能够承受得起的，必须是一些长一点儿的人，现有的人太短了。

多可爱，一个可爱的大叔。

2018 年 1 月 31 日

21.

写诗多数情况下

并不是谋划的结果

亲爱的 X 先生：

这么多年，我一直在剔除自己生活中纯度不够的东西，比方说世俗层面的事物。普通人的生活更质朴和真实，但是不要像个普通人一样沉溺于世俗生活。任何关系，当它有吸引力的时候，一定是有它的理由，当它露出不堪的一面的时候，立刻请它离去。任何消耗元气和时间精力的事都不需要再多做一点点，我已经没有时间再去对自己不感兴趣的事情感兴趣了,好像是加缪说的?他总是说大实话。

我喜欢脑际一片清明,坐在电脑前,哪怕什么也不做。陈博士教给我一种新的不伤害脊椎的坐姿,正在实践中。从过去的优盘找出来很多短篇烂尾楼,用修改它们来预热(预热期会不会超过半年啊?)也是不错的。我正在继续写一个短篇《然后他们就在对面接吻》,题目来自我的一首诗的题目,包括《对地窖说》,或者《给我们一人来一张一块钱的彩票》,都是写过诗,觉得也合适写个短篇。

最近还要写一篇赫拉巴尔的比较大的书评,总觉得他是我2018年最好的新年礼物,一多半国内出版过的他的书,我已经读完了,至少有几本是值得未来重新再读不止一遍的,也许有一天会出他的全集,也值得在书架上放上一套,作为终极陪伴。值得在书架上放上一套全集的作家,都是经得起考验的,永远也不会感到厌倦的,我可以列出一个长长的名单来,当然了,包括契诃夫、陀思妥耶夫斯基，还有索尔仁尼琴和我永远也读不完的《古拉格群岛》。

东欧的硬实，俄罗斯的深邃，美国对旧有事物的否定，拉美的勃勃生机和诱发人犯罪的文字，是非常有意思的。我这两天正在读的是《巴黎评论·作家访谈3》，这里面有艾略特，有金斯堡，有索尔·贝娄，有奥兹和奈保尔，艾略特的《荒原》是赫拉巴尔的精神源泉之一，然而艾略特说自己写诗并没有特别用意，写诗多数情况下并不是谋划的结果，是一种既成事实后，人们无穷尽的阐释带来的复杂动机。

诗人多数情况下是无意识工作者，是无心为之。

已经进入了二月份，第一个季度到了蛋黄的位置，山里的生活我已经逐渐适应了，这种单调里面，也有自己的乐趣。我还没有到感受着周边事物衰败和凋丧的人生阶段，事实上，北方更容易带给人四季清晰的界限。每天早起黑白灰，傍晚转为灰褐，夜里也并非漆黑一片，你总是可以在夜色中分辨出略有建树的深蓝，甚至幽暗的铁锈红来，这是树叶不复存在后，大自然自己对光和影的调配吧。我把工作台转移到可以看到山景的一面，白天光线激烈的时候，拉下卷帘，如果是阴天，可以好好地看一下那一大片无穷无尽的山野，山顶上还有雪堆积，上一场雪没有全然化掉。这房子虽然简单，但不是简陋，该有的都有，我甚至在厨房找到了一把很好用的厨房剪，可以用来剪大葱的头，还有芹菜。

步行去村里人买菜的小集市，买到了水芹菜，一点儿里脊肉，还有蘑菇，感觉今天可以做个咸粥喝喝。

2018 年 2 月 2 日

22.

至高无上的创作都在于,

你忘掉了自我的、那一点儿、可怜的,存在

亲爱的 X 先生:

忘了跟你说一说天使来了以后都发生了一些什么。首先,天使带来的蛋糕冻成冰坨子,我们等了很长时间,它变软了一些,才拿切菜的刀切开了,天使很沮丧,觉得自己搞砸了,作为普通人的我不得不安抚天使一通。

天使说:"这次任务完成得不太好,我保证在你四十五岁生日那天,用一只保温箱把蛋糕装好,我会开车,但是没有车，到时候我租个车来。"

缺根筋的天使可能以为我下半生都要住在这里吧。

夜里，我们一起坐在虚拟的火塘边，一边喝大麦茶，一边剥核桃吃，我口头描述了火塘的长宽高、造型、制作的材料、使用的时长，天使相当配合，站起来烤火，又坐下来烤，脸上展示了满意的表情。

"你最近，最大的烦恼是什么？"天使问我。

"可能就是形容不出烦恼的模样吧，卡拉扬说——这是穆特转述的：'如果你觉得自己人生的一切目标都已完成，那是因为你的设定太低了。'我对烦恼的设定特别高，如果不是次日需要自己亲自去火葬场躺到那个炉子里，都不值得真的烦恼。"

穆特是我的女神，她特别喜欢嫁给比自己大二三十岁的老丈夫，说真的，她选择丈夫的品位特别不错，他们年纪虽然大，但是脸上透着真正的聪明和善良。第一个是DG 公司的法律顾问温德里希，那时候她才二十七岁，而温德里希已经五十四岁了。五六年后，温德里希得了癌症去世，一个月后，她在柏林爱乐举行了一场纪念亡夫的音乐会，我大概是二十五岁的时候看了那场音乐会的视频，二十五岁能够体会什么生死离别，无非是觉得纪念亡夫太悲切，也因此记住了她的演奏曲目。后来她嫁给了普列文，快四十岁那年，新丈夫大她三十三岁，挺好的，离婚了还常常在一起演出、录音。按着这个规律，接下来穆特要么独身终老，要么找一个真正的父亲相依为命。

她说自己每次演出都是心与脑的争斗，心索要情感，脑需要冷静。德奥系的无论文学还是艺术，都是将情感深埋在冷静之中，这是至高无上的美，我称之为"热烈胶囊"，一次也不要热烈，全是冷静，火山在平日如此，人在多数时候如此，如果有一个开裂的口子，那也不是永远的，恢复到冷静期，时刻都是人的基本职责。

人需要有一个很大的内在世界，穆特配得起卡拉扬，也能够差不多可以跟梅纽因、阿卡多平起平坐，她和小泽征尔后来一起做的纪念卡拉扬的演出，真是充满了情感的魅力，心跑出来了，但是冷静没有丢，技术的精准和控制没有丧失。一个真正的艺术工作者无非如此，即便情感左右了你，你也不是个糟糕的傻子，也不能做任何丧失准则的事。

至高无上的创作都在于，你忘掉了自我的、那一点儿、可怜的，存在。

你充分地融入了更大的存在，没有边界的存在，和妄念不存在的存在。

就写到这里吧，我要跟天使一起去做一件更大的事儿，我们要去爬山，亲自量一量山的高度。

2018 年 2 月 3 日

23.

我喜爱的大部分作家，

在三四十岁的时候都已经死了

亲爱的 X 先生：

我喜爱的大部分作家，在三四十岁的时候都已经死了，我猜测写作并不需要熬到五六十岁才进入黄金时代，我曾经幼稚地认为在第一根白发出现的那天就可以去死了，结果至今没有实现，我的毛发依然浓密而黝黑。跟过去不一样的是，我拥有了发自内心的平静，在不平静的时间内，总可以找到重新回到平静的一些简单的方法，比如，坐到电脑前，先是无所事事地坐着，后来，终于找到理由打开了文档。

我总是想到外婆走的那天，早晨八点多，她还吃了大半碗面线糊，她吃的时候确实是饿了，生命即便是临近终结，也还有饥饿感。她一生为他人活着，说起来，既是一个基督徒，也是一个普通而纯粹的圣徒，她常常把最好的东西给予他人，请外地来乞讨的乞丐坐下来，给他们一张桌子、一只碗、一双筷子，有饭有菜，好好吃饭。在人的诸多品行里面，厚道是最好的一种，比聪明和有趣还重要。一个写作的人如果仅为了记录自身而写作，那很快就会写完，写到枯竭和无聊的程度。你不得不像写《安魂曲》的莫扎特一样，为了更多人摆脱苦痛和悲切而工作，这是必然，和必要的。也许在写作中，人足以洞察自身存在之虚无缥缈，并在虚无缥缈之中，对随时可能到来的死亡倒计时，有一种变态的期待。所有你所历经的，你所熟知的，你路过的，和意识到的，都像大杂烩的食材一样，来到穷人的这口大铁锅里，你弯腰曲背，想要去捞一只肉丸子，捞到碗里却已经是烂糊糊的一团。

最好的工作成果，最终都是神假借你而出现的一个理由，你作为凭借物，连署名权的给予都是太过隆重了，我所经历过的那些似乎还过得去的写作过程，都像是有人在耳边窃窃私语，像一种口授而非原创，像草稿的复印，像所有的早已经存在，经由某个具体的人而显现。显影剂是什么？是我识字且锲而不舍地认识比具体的字更深入的事物，这个过程非常有意思啊，可能需要耗费剩下的、不知道多久的生命。

我知道自己极有可能在第一根白发出现那天，给了自己一个新的设定：我等骨头感到酥脆的那天再去死吧，而骨头酥脆那天，也许下一个设定是身体的蜷缩和弯曲。绵延不绝的求生的欲求，在睡醒后深感庆幸的一刻出现。今年宣布绝笔的菲利普·罗斯最近说，他这五十年在公寓的房间蜗居，寂静如同居住在水池的池底。他终于可以老到不用再写了，而作为一只池底的青蛙，八十五岁，可能也不是一个好的年龄。

我喜欢的大部分古典作曲家，在三四十岁也都死光了。

天使帮我带来了我买的书，全是柏拉图的，淘宝还可以买到历代版本柏拉图的书，商务印书馆收在汉译世界学术名著丛书里的两本《会饮篇》和《游叙弗伦·苏格拉底的申辩·克力同》，上海译文出版社的《苏格拉底之死》和《柏拉图对话集》，还有一本英文版的《斐多》，很久不看英文书，我打算放在床头当安眠药使。

山里的生活静谧而悠长，我没有决定哪天离开，也许可以考虑永远不离开。

2018年2月4日

24.

所有的夜晚都值得好好去过,
这是一个深陷黑暗的时刻

亲爱的 X 先生:

有一次,我们谈起了政治,你说你无论如何算得上一个普世论者,你主张让专业人士治理国家,但是学政治经济学的人、学国际政治的人、学政治学的人,算得上是专业人士吗?让他们先当个科长行得通吗?没有一个学科是培养政治家的,所有的政客在成为政治家之前都是自学成才。

专业人士普遍喜爱独善其身，把自己手里这点活儿干好就行，不愿意管理他人，不愿意组织他人做一件烦琐的、需要日复一日进行的事情。喜好组织工作的人，人格大部分向外，热情而单纯，他们未必是权力欲有多强，而多数情况下都是老好人，能够有领袖风范的人，大部分比较善于了解人，知道每个人的不同，也能够调配人这道菜，不会导致几种食物做到一起据说会产生毒素那种恶性的事件。无论如何政治是必须在人堆里完成的，远远没有书房或者一个小作坊来得简单，都是需要浴血奋战，然后使暗劲儿。你是男人里面鲜有的对政治几乎没有丝毫兴趣的人，你更像一个热爱大自然的贾宝玉，对于仕途经济毫无概念和感觉，这是一件好事，对你自身而言。

别人可就急了，据我所知。

那天跟天使爬山，我们捡了一些当时觉得挺好看的石头，回来洗了洗，什么呀，完全没有任何姿色，放在哪里都不对，天使瞬间又很不开心，觉得一路上的兴奋都白费了，作为普通人的我不得不又出面安抚。天使情绪化起来，比凡人严重，他们会一而再再而三地自责，自责到让我恨不得给他们一根绳子上吊，才能让他们瞬间平复那种糟糕的心情。

昨晚我去散步，仔细观察了周边的地形地貌，这里不出产漂亮的石头，植物的形态倒是可以，有一种超越石头的风姿，即便没有树叶，也能够做出种种姿态来，有的配合山的形状，有的配合远处房舍的形态，有的基本上就是自己逍遥。我慢慢摸索出一条散步的最佳路线，从房子所在的院子走出去，沿着车行线一直走到大一点的路上，那也是柏油路，然后再斜拐上山，那里有一条坡度不大的山路，可以断断续续走上半个小时，再和缓地从一条下山的路拐出来，又走上大约半个小时回到正道上。

其间，没有车也没有其他人，路上可以看到山里的景致，没有很大的风的时候，是不错，如果傍晚出去，也不算非常冷，散完步一身热气，回家做晚饭，我早饭吃得非常多，晚饭喝点粥，夜里还要拉伸拉伸自己，把身体从前弓变成后仰。

所有的夜晚都值得好好去过，这个星球有一部分进入了阴影之中，这是促使你深陷黑暗的时刻，在黑暗和灯光里面，灰暗的心情不会导致什么，灰暗是助燃剂，让你深思熟虑，比起白天，比起那些痛苦的时刻、那些想要去死的时刻，相比之下，我总是觉得夜里好过一些，可以逐条、依次走入内在的隧道。

你今天过得怎么样？野外的风大吗？

2018 年 2 月 5 日

25.

然后他们就在对面接吻

亲爱的 X 先生：

我正在写一个新的短篇《然后他们就在对面接吻》，我想起了刚开始写小说的那两年，有个写小说的朋友跟我说，你的小说里总是显得"我"太好了，"我"得是个更复杂的人才行。所以，《然后他们就在对面接吻》的"我"，在这个小说里简直特别不怎么样。

才四千字，她已经睡了好几个男人，接下来简直不能想象，可能要开始睡女人了吧，也会睡尸体吗？一个失控和开挂的人物太有意思了，不听使唤，坏孩子，糟糕透了，绝望极了，这是我如履薄冰的人生向往的东西啊。

我不能告诉你太多接下来会怎么样，这个气会漏了，跟一只气球一样。一个小说刚开始写，不能告诉别人太多，连我自己都得保密，我不知道明天会发生什么。神秘感多好，表面上它们只是几行字，实际上是无限的不可知，无限的活着的秘密。秘密隐藏在一片山坡，和一棵树上，以及树落下的阴影里头。今天，或许是昨天，跟N先生讨论小说开头的写法，N先生是个年轻的小说家，据他说，他过着群居生活，跟一群活猴子生活在一起，因为跟一只公猴子抢被子，导致了落枕。他问我通常怎么开头，我找了几个自己小说的开头给他看，总结出，基本上就是以日常生活的切片为开头方式，一个男人从房间那头走过来，拿起手机看了一眼，跟同在房间的女人说："我们该去银行了，跟中介约的十点半在浦发银行见。"

我喜欢小说的开头不要太煞有介事，不要起点太高，稀松平常一点儿，不费力气一点儿，像是打羽毛球时，一下子把对手扣倒，后边就没得玩儿了，没有来来回回的回合，没有博弈推手和妄自菲薄的怨叹。开头并不需要来一段儿咏叹调，或者特别高深莫测的紧张极了的一句话，一句对话做开头也挺好的，比如说："我走了。"

开头都不难，脖子比较难，也许，也许都不难，难的是魔鬼一样的恒心，我甚至觉得所有的卡壳也都是伪命题，都是自己的经验局限，是害怕深入，是在纸张的边缘进入了幻境，想要跟啤酒泡沫来一杯，想退回自己看得见摸得到的世界，回到普通人的生活里，从鞋子里掏出来一小粒沙子，把它抖出去，然后接着走路。写小说是一种近乎无耻的冒险，它是一个没有边界的湖，没有岸，也不知道水的深度，你手足无措地进入那个湖，作为一个不会游泳也没戴救生圈的人，你随时可能溺亡，死状在水底看来惨白又凄怆，你在下沉的过程中一定记不起来自己是怎么稀里糊涂地到了这步田地。

写小说还是一个一旦身陷，便需要持续不断地进行下去的事情，好像没有写小说者收尸小组，如果有，每个城市都还是有不少偷偷摸摸在写小说并时刻从临界点跑回来的"脱北者"。

这两天没有你的消息，你是进入了没有任何信号的区域了吧，希望今天可以回到正常环境里来，并争取给我打个微信电话。

2018 年 2 月 7 日

26.

她能干出

很多我想干而干不成的事

亲爱的 X 先生:

在《巴黎评论·作家访谈 3》里读到这样一段话:"诗歌就是感觉的一种节奏化的表达。感觉是一种从内升起的冲动——与性冲动一样,几乎也同样明确。那个感觉从胃部某个凹陷产生,升至胸口,通过嘴和耳朵溢出,之后化为浅吟、呻吟或叹息。"金斯堡说的。

前两天,有个本来学画画出身,后来写过诗,最后做乐队的L先生跟我聊起了怎么写诗，我觉得一切好的诗歌，从技术层面，都不是失控的，诗人的情绪和情感在背后起了决定性的作用，他要让你嗨就让你嗨，让你丧就让你丧，让你感觉这句话简直美妙绝伦就美妙绝伦，脏乱差就脏乱差。诗歌的节奏当然是存在的，跟喘气一样，舒缓和松弛之后，必有让你莫名紧张的一句话，甚至半句话，这种紧张感是某些词，或者词的组合造就的，一种场景或意象也可以。紧张感是泛指，或者说引起注意的句子，或者你阅读时不得不放慢速度的句子。

河水遇到河道狭窄的地方，流速会变快，遇到开阔处，则舒缓有度，河水是这么具体的、折磨人的存在，它本来只是一股必须持续不断有所去向的水，然而，最后形成了有节奏感的景观，成为一种自带韵律的存在。

沿途的地质条件就是它的诗人。

光用音乐来比喻诗歌的节奏，总不太对，诗歌有时候可以停留在画面重建的定格上，或者有所行动的连续画面上，那就像电影了。我想，所有的创作样式都可以互相参照，互相模拟，互相形容，用A来说明B，B来讲解C，但是最终，彼此都是不可替代的。这就是为什么，我既然选定了文字工作，就不再对其他创作样式开太大的窗的缘故，你在写作之余偷偷地画个速写什么的，那是放松娱乐，但成为画家是玩的吗？

一说到写诗，我都不知道怎么说才好，我好像不善于说诗，写诗像是一个人的私房钱、一种隐私，小说相比之下倒是可以肆无忌惮地说，天天说。《然后他们就在对面接吻》进展顺利，我得到了第一人称的第二种"我"，一个无知无畏的、又丧又绝望的女孩儿，一个人格分身，特别不错。啊，一直期待自己是真正的太妹，喝海量的酒，不醉，打架也能在一线，骂人张嘴就来，发起攻击立刻白热化，像电炉丝一样滋滋作响，最好能跟高压电线一样，弄得对方触电身亡。时间是疯狂的野马，动静特别大的东西，它随时可能完蛋，所以，我只能在这里空发牢骚。

天使发来微信，问我几时出山，要跟我一起去看话剧，还有形形色色的事情要让我去办，天使的脑洞总是很大，居然想做个翅膀那么大的生日蛋糕，挂在树梢上给我。明年，我说，明年没准儿你回天上去了，谁知道呢。

是啊，我们从来不知道明年会发生什么。

马斯克把一只火箭发射上了天，他有个SpaceX的计划，要在火星上建立一个八万居民的城市，人都是从地球上慢慢搬过去的。这简直就像是你的计划啊，你总是在为这类事情操心，操碎了心，当然你不是一个民间科学家，也不具备制造火箭的能力，任何构想，如果都能成形，我们恐怕早就在天上生活了很多很多年了。

2018年2月10日

27.

如果有那么一天，
我是说死生契阔

亲爱的 X 先生：

快过年了，我姑且回到了家里，等着团圆饭吃一吃，过一点儿有烟火气的生活，跟家人厮混厮混。今天早上，我在半梦半醒之间听帕尔曼演奏的《辛德勒的名单》，猛地又回到梦中，像是在火车站，混乱的、人潮汹涌的月台，惊慌失措的我（其实是个男孩）四下张望，跟亲人们彻底离散，有死生契阔的意思，我是要被送往集中营吗？

那最后的葬身之地，我的亲人们又被送到哪里去了呢？从此我们如何能再见面？

泪水像地下的泉水一样上行，但现实生活中，我没有哭，没哭成，这样的清晨，应该起床喝杯热水，舒展舒展筋骨，然后吃早餐，然后跟母亲大人嘀嘀咕咕一会儿，听她讲咸粥米心熟透了就可以吃，吃的时候撒一些胡椒粉，可以提味，所谓的梦，随它去吧。

如果有那么一天，我是说死生契阔，唯一能够做的就是面对吧，或者把自己藏在大衣柜里几天，抽屉里几天，烟道里几天，在街上晃悠几天，在银行等候椅上坐几天，吃花生米几天，喝红枣酸奶数日，随时发呆一个礼拜，身心分裂数年……

大过年，生啊死的不吉利，不提了。

我正在读一本正经书——《希特勒的哲学家》，一本围在希特勒身边的哲学家们的系统排列，血统论、人种学、强力意志，这都能够在属于它们的土壤中发生，我读了一半"坏"哲学家，还有一半，无论如何，没人能够身处其中而清醒地明辨自己的处境，或是非。我们能够吗？我们可能比他们还瞎，还盲从，还自以为是。盲点与雷区，还有一些附庸风雅和潮流的习惯，都会把人变成非自己的存在，这个名单里，也有我很喜欢的哲学家，诸如那个被概括为倡导悲观哲学的叔本华。

这些天我痴迷形而上的存在，我的工作在过年期间没有办法彻底停止，每一天都要延续，量不大，但尚未停更，在这个暂居地，我又成功地把工作台边上堆满了书，有位朋友白送我一套亨利·米勒，其实亨利·米勒是个严肃到不能再严肃的作家，你光看他的黄色桥段怎么行，你还得看到在书里他都读些什么人的书，他在书中站在陀氏的肖像前：

> 唯一能清楚理解的只有痛苦和固执，一个偏爱下层社会的人，一个刚从监狱里出来的人。我陷入沉思，终于我看见的只是一个艺术家，一个不幸的、史无前例的人物，他们每一个都是那么

真实，那么令人信服，那么奇妙而神秘莫测，是疯狂的查尔斯河所有的那些残酷、邪恶的大主教加在一起也无法比拟的。

你打算怎么过年，野外也有过年的风俗吗？是不是所有人聚到一起，大喊一声："我们要回家！"然后四散？这样倒挺干脆的，谁也别跟谁同行，有人要真的回家，也许有人要出家，有人去找他的情人，有人寻找丢失的私生子，有人去庙里，有人到NASA排队上天堂。你千万带好你的零钱包，看住你最喜欢的那只飞去来，还有召唤狗的口哨，我希望你这些天过得轻松愉快，找回你的翅膀插上——如果电池还没耗尽的话，我年后应该寄些性能好的电池给你。

哈利路亚。

2018年2月12日

28.

希望你的年夜饭

不是饺子那么缺乏想象力的食物

亲爱的 X 先生：

每当夜幕降临，我都会收起所有敏感的触角，尽力让自己变成一个憨傻子，夜色实际上是敏感这个小怪物出洞的最佳掩护，当你尽力要掩饰什么，实际上正是这个什么都无法抑制的时刻。

把所有的水都喝掉吧，以及水中包含的无尽的味道，把你的味觉打开吧，以及让味觉跻身其间的身体，把身体留存于六点半，然后感知继续前行，慢慢走路，或者快步走，它一定要么去往万丈深渊，要么站立在悬崖峭壁，像一只绝望的秃鹫，也许秃鹫从未觉得绝望，它只是尽力让周遭一切感到绝望，你只能看到风吹起它脖子上的羽毛，那些羽毛在暮色中，竟暗淡无光。

整个下午我都在读一本叫作《存在主义咖啡馆》的书，正好是写胡塞尔和海德格尔的关系的章节，很像弗洛伊德与荣格，先始如父如子，后来渐渐疏离，最后是反对和背离。昨天晚上跟N先生聊到为什么我们会更喜欢西方式样的小说写法，他说自己本能地厌恶中国式的白描、讲故事的写法，而更亲近西式的写法。本质上，这是审美趣味和对人的认识的问题。作为特别年轻的小说家的N先生，有这个选择很正常，而我，老之将至，为什么也这么想问题呢？好像还是没有走向川端康成回归传统的路途，还在走人本主义的荆棘路。

我认为，我自己就是一个存在主义者，也是一个古典主义美学理想的信徒。存在主义绝不会静止地存在，它认为人的存在是自己创造出来的，活着的每一步骤，自己都是自己的雕塑师，自己是自己的产妇和父母，生活方式需要跟内心的理念高度一致。他们拒绝中产阶级的生活（不如说是容易复制的、苦心经营的模式），刻意要在后来被标注为小资产阶级情调的咖啡馆、酒吧、小旅店和路途上度过。他们不要积攒财产，也不生后代，甚至像萨特和波伏娃一样，试验一种开放式的情感关系。开放式的关系，是一种危险的、时刻充满张力的关系，多数情况下，要比一对一的男女关系麻烦多了。然而，它带来了自由，存在主义把自由放在第一位，而后才是别的，如果有什么限制了自由，那些什么都值得被无情抛弃，或者说，是应该被无情地抛弃。回到开头我跟 N 先生聊到的为什么还要选择这条荆棘路，也许我们内心深处，还是认为富有张力和紧张感的人生，更值得去体验。在这个范围内，故事是什么，情节是什么，人设是什么，高潮是什么，重要吗？一点儿也不重要。你只需要跟循规蹈矩的人聊上五分钟，就会发现自由主义者的无穷魅力，他们一定是为了破解人类存在之谜而跑出轨道的一些小白鼠。每次我想起存在主义，不知道为什么，我脑海中出现的竟不是萨特或者加缪的样子，而是作曲家马勒，他的面容最接近我认为的存在主义者的样子，这种奇怪的蒙太奇，也就跟你说说，你还能不以为怪。希望你的年夜饭不是饺子那么缺乏想象力的食物。

2018 年 2 月 13 日

29.

我过上了
跟摩拜配套的一块钱的生活

亲爱的 X 先生:

今天是大年初一,我打算恢复正常的作息,紊乱了两天,不过放松下来,脊椎好像松弛了下来,也许它也借机放假了,我最近连咖啡都不喝,真实情况是在这个暂居地没有咖啡。学会了骑摩拜单车后,有一天去个地方,路上遇到星巴克想跑去买个咖啡,但是摩拜只需要五角钱就可以骑一个单程,如果买了星巴克,岂不是白省了那么多钱?

这个春节，我有了跟摩拜配套的诸种生活，回到了一块左右的标准，重新发现了一百分和十角非常好用，足以让你天天处于一种低耗而无所事事的状况。不花钱的情况下，人的心情是清苦而善于苦中作乐的。但是我打赏了巨资给"黄灿然小站"的站长黄灿然先生，他的脊椎也不好了，要看病，绝对没想到一个翻译了那么多书和诗歌的人，瞧病要临时找个财主朋友借钱，但是，这样才对，因为他意不在挣钱。

早起，我吃了一块五一个的鸡蛋打的蛋花，将昨晚年夜饭的剩菜取出一点儿热一热，当作早餐。今天早上，会推送你的回信，你费了那么大的功夫，积攒了多少力气才在手机上打出来那么长一封信，我本来舍不得发出来，但就当作是过年的礼物吧。

你在信里提到你、我和燕平过去一起吃饭和去图书馆，以及她也会给我写信的事，她是你的前妻，理论上我还介入了你们离婚晚期的生活。燕平是一个非常讨人喜欢的人，不知道为什么，跟她在一起让我觉得没有什么值得惊慌失措的事，我们一起坐在手术室外等你，我因为极度的担忧和害怕不停地站起来接热水喝，她却从头到尾一动不动，只是帮我拿着包，拿着外套。那段时间，我们没有时间计较爱不爱的，谁爱得多谁爱得小气，只想要你活下去。

某种程度上，这种关心一点儿也不小气，她告诉我她已经喜欢上了另外一个人，但是你是她的至亲，是一个不能更重要的亲人，我也同意，我们达成了默契和一致。你身体好了一些后，我们三人有时候会聚到一起，一起把你推到医院的长走廊上晒太阳，我们两个聊天，你在边上看书，如此，一个周末的下午就过完了。她常常还要去加班，临走前，只能在医院的食堂凑合吃一点，不知道为什么，跟你们两个一起吃东西是特别开心的事，而且医院食堂的大锅里，透着柴火香，连炝炒圆白菜都好吃极了，燕平不吃荤的，我可以吃两只鸡腿，或者一大堆红烧肉，这是她的另一个好处。

我们内心从未互相感到不愉快，她每次给我带一点点东西，诸如一包糖炒栗子，半斤装的，她说自己排了老半天队才买到，两人在一起剥一剥就吃完了，她读的书跟我比较像，我们也有很多可聊的，每次她要赶着去上班，我还略微有些依依不舍。

我当然知道我和她本来就是非常相似的两个人，你先后喜欢上我们也是理所应当的，她从来不提你们过去的事，我也能猜到几分，因为我们刚认识的时候，你的钱包里还放着她的照片，她站在危险极了的瀑布下面，从头到脚淋得精湿，但是开怀大笑，像个小疯子，确实，你喜欢小疯子。

想起了那么多往事，不像是大年初一该干的事，但是希望你过年好，安安心心的。

2018 年 2 月 16 日

30.

他们一直强调:

爱就是全然忘掉了自我

亲爱的 X 先生:

我们一定是被波伏娃的《第二性》改造成另外一种女人的那一小撮女人。《第二性》真是太劲爆了,对于当年那些打算结婚生子,然后做个循规蹈矩的主妇的女孩们来说,等醒悟到既可以做一个真正的女人,又可以自行撕碎那些束缚,可能年纪都很大了,难以回到原先那条路上去了,波伏娃还是得逞了。

我的二闺女（这几个女儿来历不明，我回头再补充她们的身世）这几天正在给她家和她婆家总共八口人做饭吃，她一个人负责厨房里的全部，从洗菜切菜做菜一直到洗碗，把这一整天的重复劳作乘以三百六十五天，就是一个家庭主妇的一整年，再乘以四十到五十，就是她的一生。主妇的存在感是什么呢？当然是生活的秩序。你知道，每个人在一个房间里静止不动，那是绝对不可能的，房间很快会乱，冰箱里的东西会吃光，碗筷需要洗，厨房要清洁，无数次的清洁，地板上会有头发和灰，床上要整理，要擦桌子，要接收快递，要扔垃圾……

我的母亲大人，她曾经是个职业妇女兼家庭主妇，每天下班带着菜回来的那种，她做饭的时候是我唯一可以跟她好好聊天的时候，但我讲话她听不到，她在思考今天遇到的病人该怎么办，有时会突然放下锅铲，跑去书架上找一本厚厚的书，或者杂志。那么，在饭桌上，我有第二次跟她说话的机会，但她会发呆，那些呆也是给病人发的，发着发着，她会突然放下手里的碗筷，带着梦游一样的神色站起来，又跑到书架那边去，我从很小就知道，我家的书架跟手术台和急诊室一样，是可以救人性命的。

对于我来说，她绝非一个家庭主妇这么简单，她最帅的时间，是跟同事们一起用医学术语谈论某个疑难杂症，年轻的医生至今会在门诊时候给她打电话，问她问题，她也依然可以对答如流，那些在做饭间隙找来看的书，和吃饭过程中发的呆，总是有用的。

我自己开始写东西后，每天也体验着时时刻刻的走神，我想，跟我生活在一起的人，一定也常常觉得不被理睬。很多时候，我并不知道自己在想什么，只是下意识地走神，反正我的工作就是瞎走神，胡思乱想，歪楼歪到楼的下层都可以。可以说，我连深陷爱河也是个不合格的恋人，也会走神，会从一大段的对话中突然神游天外，而且是下意识的，无意伤害对方的，以及神经不可控的。

我每写一篇小说，或者文章，别的情节内容姑且不去说，一定会非常感性地在脑海中描摹出一个场景，或者意象，来形容这个东西的风格。《瓶中人》我想要水晶灯一样的质感，通透而脆弱易碎。以千计推理系列大概每个短篇各有各的微妙追求，就《说不定的罪人》而言，想要北方冻结实了的板结的地和顶层水泥板被太阳略微烤热的混合。

《仅你可见》呢？我好好想了一下，应该是早起的沼泽地边上，雾气蒸腾，我来到边上，所有的雾气、所有的模糊不清都没有散去，我恍惚到不知道自己穿了衣服没有，也许还裸着下身，便走到了这里。

他们一直强调：爱就是全然忘掉了自我。

2018 年 2 月 17 日

31.

关于分别,永远都仓皇不已

亲爱的 X 先生:

因为你和我从未住在一起,所以既有相聚而欣喜若狂的时间,又面临过许许多多次分别,即便是一周一次的短暂别离,对我来说,都仓皇不已。分开的时间,我会送你去公交车站,看着柳絮从站台一侧缓缓飘下,阳光投射着它们,一根一毫,都清晰无比。我尽量只看着柳絮,不看你一眼,不听公交车售票员大声吆喝,看公交车停下后打开的门，不看你站在上面看我。

你喜欢在告别的时候，行美式军礼，这个很特别。

我们从未有过缠绵的分别。有一次，在巴塞罗那一家咖啡馆，我一边吃早饭，一边看着外边路上一对情侣告别，一次次亲吻，无法分开的拥抱，然后男的略微走开，又被女的喊回来，然后把前面的动作又重复一遍，他们多像两个闲到发慌的机器人啊，我祝愿他们婚后进入《革命之路》的故事模版。但那一刻，我出于嫉妒而想起了你，我们从未在分别时亲吻或拥抱，我甚至不愿意跟你一丁点儿的肢体接触，从预知你要走的那一刻开始，我便刻意跟你保持了内外兼具的距离，怕你走后自己像一段香肠陷入了对肠衣的依赖。

你被推入手术室，我怀疑我再见到你，只能是你裹在手术服里温度尚在的身体，然后是太平间里冻僵的肉体，以及最后，火化炉前被化过妆的尸体，热乎乎的骨灰，和白色的中式菊花。这些分别的方式会像和缓落下的柳絮一样吗？我还能从那些骨灰里面摸到你手指头上的肉刺吗？

还有你近乎滚烫的身体，我不能够想象那个身体被上帝删除，放到回收站，并去往黑漆漆的所在，等待着下一次重新回到这个世界，在那个全是陌生人的队列里，你一定非常孤单。

"把生命全部撞了进去，冷漠如坦克。"[7]就像希尼说的那样。

有一次你来信说："我只希望有来生，我们彼此用镣铐将对方锁上，再也不要分离。"镣铐这种器具，真的能保证一个人和另外一个，再也不会分离吗？为什么我体验得更多的是仓皇别去，不知西东，以及并不知道下一次再会是什么时候？

我那时又倔又硬又脆弱，绝对不会跟你说一句好听的，也从来不挽留你，就算是最后的时刻，我也没有表示过："要不你别走了。"

只记得有一次是暖气还没来的时间，我在宿舍睡着了，那是个下午，我睡着前，你没有预告自己什么时候要走，所以半睡半醒之间，我感觉到你走到我边上，站了一会儿，又俯身贴近了我的脸，什么也没说，靠了一靠，皮肤触碰的过程中，我屏住呼吸，然后你就走了。我让自己继续入睡，但是在睡梦之中，像是下了一场冻雨，到处都是水洼，在水洼和水洼之间，看不见清晰的马路和马路上其他行人，眼睛都睁不开。

那一刻，你像是决意要去死的一只猛犸象，你要尽快离开冰川，去暖和一点儿的那个时代。

我一直觉得自由是和幸福平行的一条马路，南北走向，而孤独也许横向与它们交集，三者形成了奇妙的关系。当你自由，便只能在幸福隔壁，而无论自由与幸福，都跟孤独有所交集。在跟你一次次分别之后，我得到了自由，也体会了孤独，而后这些记忆，还蕴涵了近乎自虐的幸福感。

情况就是如此。

2018年2月18日

32.

我只想要大块大块的时间,

可以专注于同一件事

亲爱的 X 先生:

《存在主义咖啡馆》这本书我快看完了,以下这段话引自这本书:

> 波伏娃认为:多数女作家都令人失望,因为她们没有抓住人类境况,没有把人类境况当成自身境况。她们觉得很难感到要对宇宙负责。一

个女人怎么能像萨特在《存在与虚无》中那样宣布:"我独自承载着世界的重量。"[8]

确实如此,很多女人更多活在他人眼中的自己当中,无时无刻不感受到一双潜意识中的爱人的窥视眼,总觉得要为某个异性更合乎准则地活着。或者,她们会不知不觉地格局变小,触角只能够得到身体之外一米不到的地方,但也有一些女人开始从这件事当中觉醒过来。婚姻也好,家庭也罢,以及非常诱人的孩子,本质上形成了女人的钟形罩,而一个被罩子罩住的女人,如何依然活得开阔和无畏呢?她得有别样的生活,也带给孩子别样的生活。

这所谓的别样,形态就太多了。

对我而言,我只想要大块大块的时间,可以专注于同一件事,就像要开始做饭,必须把其他人赶出厨房,自己专心致志地做饭,也许放个音乐听一听,找找新菜的菜谱,但是任何一个人在边上绊手绊脚,都不能让我专注。其他时间也是如此,走神的习惯不可改变,如果大家同处一室，能够各自沉溺于自己的世界，那些瞬间，对我来说，就是天堂了。私家侦探阶段的以千计是个彻头彻尾的存在主义者，他几乎没有可见的财产，他酷爱阅读，但所有的书都存放在各种书店里，他去书店读书，长时间待在那里，直到头昏眼花地回家，他在路途上不读书，只喝喝酒。他不买房子，租个破破烂烂的老小区的房子，凑合住，生活所需非常少，一条军毯、一个工作台、一个别人不要的台式机。他总是随时打算从这个世界消失，每次房租到期都要消失相当一段时间，到另外一个城市去，或者住到朋友在山上的住处。他不过节，不走亲访友，穿一件衣服，夜里洗早上穿，如果不干，他就不出门，躲在家里，或者随便什么住处，他特别害怕跟女人同居，尽管不可避免地，有些女人还是会紧紧地黏住他。

有时候我把发生在你身上的事情，放到以千计身上，你在这个国家从未拥有过任何一个房子，你住在燕平单位分的房子很多年，后来住在一个租来的开间，再后来，一个一居室，也是租来的，随即你的第二段婚姻开始了。有了孩子之后，就不那么以千计了，那是一段我无法知道细节的生活，仅仅在有一回你给我打来电话，边上有孩子的啸叫，你在一封邮件中拍了安装隐形防盗网的阳台外的雪景给我看，视频快要结束的时候，孩子的啸叫声，近乎尖利的，再度传来。

那是你的大女儿，她长大了，但嗓音没有变。

在回家的路上，你我从未真的唯一而坚定，哪里是家呢？我始终觉得也许最了解这件事的是你的大女儿，她从出生就被判了死刑，随时可能离世，你无法分辨她脑海中哪些是清晰的，哪些是虚妄的，如果她脑海中有海岸线，那么海鸥该向哪个方向飞呢？海鸥的翅膀应该支棱起来，还是垂下？她一定在死去的路途上耽搁了太久。虽然这样说过于残忍。

2018 年 2 月 19 日

33.

你什么都跟我说，
我也什么都跟你说

亲爱的 X 先生：

有一种泪叫作"老人泪"，它不是液体，也不是有形之物，甚至眼球上也不见它来依附。老人有两层意思，一个就是通常说的人老了成为老人的老人，一个是过去经历过、交往过、了解过的人，不拘朋友、情人还是熟人同事。你首先是我的朋友，熟悉到极点，关于你，我竟没有什么不知道的。里里外外，我们在一起的时间，加起来都够现在的人结两三次婚了。这是很奇怪的，竟有两个人肯花那么多时间在一起，并不提及同居或结婚，你什么都跟我说，我也什么都跟你说，可能我跟你说，和你跟我说的程度差不多，都是事无不可对你言。

每次你打电话过来，那时候接一个电话很不容易，要先给你打BP机，你用的联通台，好像是198，是个中文机，我需要留言："请回电。"回电号码每次都不一定一样，学校的电话间有四个电话机，隔成四个小间，每一间都有一个小门，最里边横着一条办公桌，收费的胖阿姨坐在那里，没天没夜地打毛衣，那些年她够织出来一条从天安门铺到这里的羊毛地毯了。阿姨只管织毛衣，接听电话不要钱，打电话一分钟一毛钱，很多同学都觉得贵，大家都是让外边的人往这儿打，好像我们这里是个监狱，如果打出去，都是匆匆忙忙地："妈妈，不说了不说了，打过来。"

从来都是你打给我，我不需要计较钱，等到你打来了，我就把自己关在屋子里，做好了长时间说话的准备，后面的同学看到我进去了，也都有数，我是出了名的"滞留时间超常人士"，阿姨从来都冷眼对我，因为听电话时间长，她收不到钱，毛衣织得也没那么顺畅。

在这里读书的人，不是硕士就是博士，都是国之栋梁，但一旦涉及钱，都小气得不得了。我开学那天在小卖部，跟身边一个随机出现的男生借了五十块，当时连他长什么样子都没看清楚。在校期间，喜欢我的人也算有一些，但有一个男博士，身量不高，容貌算得上清秀，总是在楼梯上下的时候，别有深意地看我，时间长了，我也习惯了，他高我一届毕业，毕业那年，他终于在楼梯拦下我，问我："记得两年前你在小卖部借过我五十块吗？"

我羞臊无边，赶紧跑回宿舍拿了钱给他，然后他就毕业了，可能现在是某个领域的权威，拿着我还给他的五十块买房买车娶妻生子。那些年，总是有追求者对我青眼有加，也有请我去小树林散步的，也有送水果给我吃的，也有半夜塞情书到门缝里的，我平白无故吃了很多水果，散了一些没有下文的步，但谁也敌不过你的电话。

我站在电话亭里跟你说话，那样能说出来两个小时，或者三个小时，最长的一次说了五个小时，阿姨过来敲了八次门，每次都冲我举了举手表，我装作看懂了，扭头接着说，并不知道我们说了些什么，你甚至会在电话里念一段自己正在读的书给我听，实际上你就住在木樨地，只需要坐数站公交车，在东直门换乘地铁二号线，再在复兴门转一号线，即可抵达，但我们宁可在电话里消磨那么多时间，也不去坐车坐地铁。

2018 年 2 月 20 日

34.

我不知道我爱不爱你，
你就是我自身之存在

亲爱的 X 先生：

其实何止是打电话呢，我常常刚接完你旷日持久的电话，上了楼，坐到书桌前，就开始习惯性地给你写信，好像要把我从电话亭挂了电话到出了门，从那座东西向的楼里走出来，大概十米到了这南北向的宿舍楼的四层，这期间发生的事讲给你听。

能有什么大事，无非是天气如何，楼道干不干净，那些墙上的爬山虎如今是什么情形。你是个细致的人，心细如发，你说喜欢读我的信，像是在读自己的自言自语，那些年我时刻涌动着跟你说无论什么的情绪，这种情绪并不像蒸汽机车有那么大的动力，也不像吃了"闭嘴丸"的猴子那么闷。

我的情况，介于机车和猴子之间。

诗经里面说一日不见，有三日、三秋、三岁，三种不同的形容。我们一日不见，比较像三秋，但我知道只需要再有二乘以三日，也就是六天到七天，就可以再见到你。写信的意义何在，不能够说清楚。见不到你的那六七天，我都在写信，每天去食堂吃饭前都要去校门口的邮局投递信件，而且不放心任何人代劳，怕她们路上遗失了。这三十米，能够遗失一封信，足见我不信任她们，也重视这封信次日能不能如期抵达，让你读到。

在写信的过程中，我把你的名字练得十分漂亮，有时候去文具店买根笔，竟会下意识地写你的名字来试出水流不流畅，然后再偷偷撕掉那页纸。深夜我戴着耳机听音乐，同屋已经睡着了，那是我写信的时间。爬山虎在冬天是枯萎的，墙上什么也没能伸进来，我看着空荡荡的铁窗，波浪形的防盗铁艺，用的浅绿色的油漆，刚刚涂过，入冬以后暖气一来便免不了发散出一股新油漆的味道。我有个电炉子，在上面坐一锅水加湿，屋里水汽蒸腾，耳机里有时候是海菲兹，有时候是霍洛维茨，如果不是他们相伴，我可能会被写信时候的惆怅折磨致死。

我跟你通电话，我给你写信，你也给我打电话，也给我写信，我们见面，去很多地方，吃东西喝水闲逛，看了展览又看演出，去和平门的琉璃厂逛旧书店，看香山的猴子出来没有，去妙峰山和灵山，什么红螺寺、潭柘寺、戒台寺、珍珠湖、野鸭湖、樱桃沟，全是跟你去的，每次出门回来，我从公交车站走路到宿舍，坐下来倒杯水，又开始给你写信。

你让我怎么跟你说我爱不爱你呢？我不知道我爱不爱你，你就是我自身之存在。

昨晚读柏拉图的《会饮篇》，说那时候的人本来是圆形的，跟球一样，分男人和女人，还有阴阳人。他们还是个球的时候，不觉得孤单，也不需要去找伴侣，走路向前向后都行，力气无穷，没有软肋，总的来说是无敌了，神就急了，人怎么可以毫无弱点可言呢？这些圆咕隆咚的东西到底要干什么？要替代神替天行道吗？这可不行，所以，他们不惜血本，费工费力地把一个个球形的人，切割成两半。

这之后发生了什么呢？我下一次再说吧。

2018年2月21日

35.

我现在闭上眼睛

都能听到你的笑声

亲爱的 X 先生：

上次说到《会饮篇》里面把圆球人一一割开了，当然是在解释人后来为什么要找另一半，这种后来对前面的补充和解释，到底把人之所以莫名其妙地爱上另外一个的缘故解释清楚了，然后就分出了求而得与求而不得两种情况。

今天有人问我去过西藏没有，我当然去过，他又追问：" 有什么奇遇嘛？" 我说：" 万千百种。" 他问：" 西藏人？" 我去西藏，最大的奇遇就是认识了你，这倒也不必提了。从上海坐火车到西宁，而后换了更慢的绿皮火车去格尔木，住在格尔木一个破破烂烂的军区招待所里，听人说，需要在海拔没有那么高的格尔木住上两三天，进入西藏才不会有高原反应。

格尔木是个极其乏味的地方，地方又大，又空空荡荡。一条街从这里走到那里，全无道理可言，也没什么可看的，街上连餐馆都罕见，只有稀稀拉拉的一些居民楼，还有单位，我待得百无聊赖，在街上碰到一群广东人，我和这拨人后来又经过若干次偶遇，成了朋友。第一次，只是打了招呼，他们问我去哪里，我说去拉萨，大概如此。

你并不在其中。我买了格尔木到拉萨的汽车票，车票不便宜，带上行李去了车站，等着车出发。出发的时候已经是下午，这个车要在路上走上一整天，所以司机不急，我们也不急，在那个年代。在车站，我第一次见到你，离很远的地方，你戴着鸭舌帽，穿着浅军绿的衬衫和马甲，牛仔裤，一双高帮军靴。你正在跟后来成为我们共同朋友的广东人聊天，笑声很大，我现在闭上眼睛都能听到你的笑声。

我一直在远处看着你，其间吃了一块干巴巴的、无味的面包，车站提供热水，我用来喝水的塑料杯装上热水后滚烫到变形。那天，我穿着一件朱红的衬衫，暗黑带花纹的马甲，也是牛仔裤和一双军靴，在西宁的军用品店买的。

上下铺的车厢，我在你斜后方，两个铺位几乎是紧挨着，但我看得到你，你不容易看到我，都是上铺，车摇摇晃晃地开动以后，去往高原之路在车窗前蔓延，无限延伸出山脉和山脉之上的雪山。你半开着车窗，一直在读一本书，侧面可以看到你的脸。我也在看书，车厢里好像也有别人在读书，大家随着地势起伏晃来晃去，司机跟人会车的时候，总是使了蛮力，有时候几乎要把车厢后半截的人甩出去。

我特别愚蠢地想："要是能有这样一个朋友就好了。"

从这个念头开始,我花费了十年,甚至更久,去成为你的好朋友,我们首先是很好的朋友,然后才是别的,如果彼此不是这世间最好的朋友,做别的什么都没有任何意义。夜幕降临之后,车还在行进,高原向我们展示了全部的星空,你把脑袋探出车窗去看星星,我也凑过去想看一下,你回头看我一眼,然后把窗子让给了我。那两个铺位太近,我第一次靠近你,那也是我们第一次在一起看星空,繁星如一场无边界的梦境,在无限的天和地之间展开。

波拉尼奥有一句诗说:"从521页起我将遇上自己的真爱。"

2018 年 2 月 22 日

36.

我狂奔下楼梯,

胸口像插了一把刀

亲爱的 X 先生:

那些无法见你的时间,我是如何度过的呢?当然了我需要读许许多多的书,跟同学们一起玩,我们整晚聚在一起,在我的,或者跟我最好的女朋友的宿舍。我有时候会跟她挤在一起睡,甚至半夜三更睡眼惺忪去敲她的门,她被我惊醒,打开门,什么也不说就拉了我进去。

我听很多音乐,几乎是醒着的每一分钟都在听。宿舍没有其他人的时候，我用音箱听，有人的时候用耳机，在旧货市场买的耳机，有长长的连接线，可以插在CD播放机的孔上。音乐像一层又一层的海浪，在我体内汹涌，有时候不是汹涌，是覆盖。他们说，这是一首写月光的曲子，我从月亮里还听到了别的，你的存在使得我打开了所有的触角，我想听出来别的，写在信里给你看，或者见面的时候说给你听。如果我们见面，你也乐意跟我一起听音乐，不说话的时候，我们会背靠背坐着，一人分耳机的一只，我更喜欢左边的，而你觉得右边的不错，你喜欢老鹰乐队，那个乐队名副其实。每一次听老鹰乐队，我都觉得你、我，恰如两只鹰，也许是秃鹫，先向着天空，然后义无反顾地向悬崖俯冲，风那么烈，岩石坚硬如铁。

"准备好跳悬崖了吗？"我问你。

这种问答是想象中的，在现实生活中，我从未问过你类似的问题，这是多么蠢的问题。

你没有回答，也许你早已跌落在悬崖的最底下，你一次又一次试图结束自己的生命，你的悬崖高筑，而且毫无遮拦，甚至没有一棵树可以从中间拦截住你。每当你打算结束自己生命的时候，会有两三天音讯全无，我们不通电话，我给你打 BP 机你也不回，我就知道不妙，我会立刻给燕平打电话，问你在不在家，她也说不知道，然后我必须无论如何穿好衣服，狂奔到车站，不管几点。

我狂奔下楼梯，胸口像插了一把刀，我往学校大门外跑去，那是将台路，过去马路中间并没有铁栏杆将道路分为两半，将台路右转，就是京平旧线，一条近乎废弃的马路，但是还会通公交车。公交车半个小时一趟，冬天的时候我在站台上来回跺脚，焦虑万分地等着车来，夏天和秋天会好很多，我多么希望你即便死去，也不要选择任何季节啊。

你选择死去，然而我并不知情，你从未告诉我原因。平日看你总是挺开心的，没有一天不喜气洋洋的，哪怕吃个包子馒头，都满意得不得了，他们把你救活，有两个医院都认识你，然后让我和燕平看牢你，别再做傻事了。

我从未就此事深究过，我想，你一定有自己的理由吧，这个理由不一定要告诉第二个人。这种理由，饱满得如同一只水瓢，它盛满了水，就是一只很好的水瓢，如果它空空如也，你能说它里面不是充满了空气、光线，甚至是月光吗？

你活着，在这个空间，我看得见摸得着，你死去，在另外一个空间，自然有人看得见摸得着你，你依旧是一只盛满了你所在空间的空气、光线，甚至是月光的水瓢，你的完整性和美感从未有任何变化。

这是我对此事的理解。

2018年2月23日

37.

我已经再也腾不出手,
把自己的心脏也掏出来

亲爱的 X 先生:

之后的很多年,我常常问自己,一个已经被真正的形式主义的爱碾压过的人,他或者她,还能在记录中保持冷静吗?或者你是那个将心脏掏出来,仅仅放在我一人手中的人,而我接触到温度那么高又那么不堪一击的器官,我该如何是好,拿它?人们通常怎么处理这样一个器官,我为了让自己不随手跌落它,已经腾不出手来,再把自己的心脏也掏将出来，给予你了。

如果我们一起去书店，最喜欢去的是万圣，然后是风入松，有时候我会约你在万圣书店门口碰面，逛完万圣再去风入松。进了书店，你去探险家和历史的分类，我去往文学片区，我们通常会约好了在社会学的那个拐角聚合，也有可能我略微走一走，走远了，也去转一转哲学啦、考古啦，也会在书架的一角看到你。你站在书跟前跟轴心一样，我知道你在那里，就放心地走得更远一点。你耐心特别好，竟能站着读完三分之一本厚书，直到我转完了所有地方，回到你所在的地方，然而，我们还是会在社会学的那个拐角聚合。

风入松在地下，不久前听说书店的主人去世了，有一些难过。地下的风入松特别大，我们常常走着走着就互相走丢了，只能最后在入口处汇合。如此，一个下午就过完了，晚饭吃北大里面一个叫作"馋得不行"的小馆子，有时候，我们会去那家比较高级的食膳餐厅，我喜欢吃菌菇煲，你一定会来个日本豆腐，总之，这两个就足够了。夜里我们在公交车站告别，那个车站总是黑漆漆的，你就着夜色摸摸我的头，我们分别带着最多一本书回去。

逛书店总是个不错的选择，你还会一个人去旧书摊子。你有一段时间发现一个居民楼里面隐藏了一家外文二手书店，论斤卖，非常兴奋，跑来跟我说，让我跟你一道去。那段时间我用最后一个半月赶硕士论文，不敢乱跑，于是你一个人去了，后来在电话里告诉我那天你买了二十多斤外文书，跟大白菜一样便宜的价格。就等着我写完论文等答辩那段时间，跟我再去一趟，而后，你又住了院。等到我写完论文的第二天，又一次冲向车站，胸口像插了一把刀。

多么愚蠢，你换着花样去死，并避开了我忙的时间，也算是考虑周全了，每一次我都顾不上别的，只是在医院里一通乱跑，这里挂个号，那个付个费，跟主治医生解释为什么是我来签字，实际上，后来我也就冒充你的妻子，因为没人要求我出示结婚证。燕平长期把一张卡给我，那是你们离婚后你给她的钱，你们离婚前剩下的所有的钱，包括卖了那套相机的钱。

那是一张专门用来应付你住院的卡,它的余额越来越少了,我想,也许有一天,再也没有钱可以用来救你,那你就只好离开了,我将回去把毕业论文答辩完,然后离开北京。

2018 年 2 月 24 日

38.

> 这容让、给予和不加注释
>
> 是可能复制的吗?

亲爱的 X 先生:

大难来临时,可以救一个就救一个,假若自己脱身而去,也对,因为救了自己也等同于救了他人,你存在,亲人至幸,朋友也不至于难过。

当下,我认为我全部的道德就是写东西,而不是琢磨着怎么早点死,如果我写了东西就是一个遵守道德的人,如果我什么也不写,也在遵守道德的尺度之内,因为我在什么也不写的时候,虚度了时光,并获得了偶然还能写一点儿的期待。

我把我最早写的几首诗给你看,并没有告诉你哪些是跟你有关的,你也没有问过我,就让这个成为永远的谜吧。大多数人认为,我视你为生命,你便欠了我一条性命,其实不然。我视你为生命,那是我的运气,居然能在庸常的世间,找到自己的纠缠态,能够从完全没有关系的人群中,筛出来一个具体而生动的人,与之有所关联,有所关系。

我并不期待这件事三五年发生一次,终其一生能发生一次,都是一个小概率事件。再不能见到你之后,我常常幻想,上天可否复制一个人,容貌酷似你,脾性抄袭你,对我的态度与你无异,两人之间的融洽度也百分之百地吻合。

我可否能够再为另外一人跳下悬崖,并在途中赶上正一同跳崖的他?这容让、给予和不加注释是可能复制的吗?我们曾一起见过的星空是可能复制的吗?我的二十二岁到三十二岁能复制吗？你的呢？燕平的呢？木樨地通往公安大学的那段路能复制吗？边上卖梨和苹果的摊子能复制吗？我们一同去过的新疆街吃的烤串的大小和火候能复制吗？你的笑声能复制吗？我看你的眼神能复制吗？绝望能复制吗？我们一次次从绝望中试图重新回到正常生活的无力感能复制吗？你离我而去的那天下的倾盆大雨能复制吗？我耗费其间的伤心能复制吗？一只灯泡从天花板落到地上并彻底碎裂能复制吗？我终于可以开口说这件事的勇气能复制吗？

这些信能复制吗？

你吃不下东西的那些天，我心急如焚，自己竟也开始厌食。你好不容易睡着之后，我无法安眠，看着你睡着的脸，一直到五点，六点，早起的光亮从不知何处透过来，让你的面部轮廓更为清晰。住院的时候，你总是迅速地消瘦，你在继续放弃生命，并走向不明就里的隧道尽头，那里面黑漆漆的，你有时候皱眉，也有时候发出很小的叹息，我只能坐在病床的这头，试图多喂给你一点儿吃的，多喝一口水。总觉得医生开的药，即便只是输液，都是有毒性的，我翻了一些医学书，努力读懂其中真正的那层意思，医生说话总是很保守，也总是预告最糟糕的状况。

我想起潘虹14岁的时候，独自去龙华火葬场为父亲送行，最后领到了一盒骨灰，再自己一人坐着火车去哈尔滨为他安葬。一个14岁的少女，在死生面前一定学会了异样的冷静。在救你的过程中，我学会了冷静，要在最短的时间内作判断，并保证自己不为这个判断后悔，我让燕平介绍给我别的医生，打电话去问人家，小心翼翼地选择人家吃完晚饭略有空闲的时间点。

每一次"喂，你好"过后，我都变成了一个更为勇敢的普通人。

2018年2月27日

39.

爱是跟绝望做的一种拉锯战

亲爱的 X 先生：

时间从抽象的含义上来说，过得非常快，快到难以想象的地步，但具体而言，时间慢慢地速度变缓，像抽丝一样，每天我都看着时间穿过过滤网，缓慢地滴落，像约翰·巴思说的："我们现在已经过了一半了，正如我一开始就说过的：青春的活力，天真的讲述，充满信心的情节发展——所有这些都已成了明日黄花。"

在时间的滴蜡之中，谁能感到不虐，又不能不快，每个时间节点都是标识，像沙漠需要一条公路，高速公路需要休息区，蛇需要骨节和信子。我们从沙漠回来之后，很长时间眼睛里只有那条公路，但是看不清沙子，也记不住风暴。有一段时间你在沙漠里工作，你来信说夜晚星星太大太亮，虽然白天很累，晚上还是需要很长时间才能入睡。你又总是喜欢把帐篷顶掀开，斗转星移，星空在上面像大规模的游行队伍一样从这头走到那头，你在心里默默地跟它们打招呼，一个，又一个。这些时间我应该跟你一起度过，白天我也愿意和你一起工作，做那些最枯燥无味的工种，这样傍晚可以一起吃午餐肉罐头，就着一碗烂糊糊的红豆汤，你的鞋一定快要穿垮了，袜子和脚粘在一起，收工后需要有人帮你脱下。

每当我想起这是哪一年的事情，记忆就像你那双把袜子和脚糊在一起的容器一样，记忆能够把所有的年份和月份稀里糊涂搅成一锅烂糊糊的红豆汤，端给你，请你喝，如果你觉得那东西口感实在不堪，喝不下去，过一会儿，它会变得硬坨坨的,像过了保质期的红豆羊羹。

对于时间纪念得最好的是《追忆逝水年华》,把时间放到绞肉机里的是《冷血》,不畏惧时间的淫威的是《局外人》,时间从天上来,又渗入地里,当我们一起品尝一杯爱的美酒时,希望时间永远停留在这一刻,这一刻有什么值得永存的呢?它必然离去,然而人的痴情妄想从未消失过。

爱是跟绝望做的一种拉锯战,然而爱自身也会产生绝望,你不得不选择那些不容易绝望的爱,和容易绝望的爱加以区别。

我今天的脑子走得特别特别地慢,怪罪月亮吧,她太圆了,而且是暗黄色的圆,挂在北京初春的天上,这人间好像是租来的,借来的,反复无常极了。元宵节,估计你不会吃元宵,你讨厌甜食,如果元宵做成咸的会好很多。如果元宵是假的呢?塑料的呢?咬一口会滋出碘酒呢?我看到月亮意外地未曾想到你,你也想必很长时间再没有想到这个租来的人间了吧。

今天收到了新一版的《莫扎特书信集》,有点失望,版本不够好,但我还是津津有味地读了一会儿。他14岁那天给姐姐写信说:"请向我所有的好朋友问候,请注意身体健康,不要死,以便再写信给我,我也好再写信给你,我们继续不断地写下去,直到生命终止。因为我这个人就是要不断地干下去,直到无事可为才罢休。"

2018年3月2日

40.

这电话信号结束的时候,

我再度回到了生活的这一面

亲爱的 X 先生:

苏格拉底长得真像一头不威猛的狮子,鼻子又大又短,有颧骨,也有希腊式的大胡子,站在身边你可能会觉得他是准备帮你擦擦桌子的帮厨老头。即便如此,你也不敢轻慢他,因为他的言辞滔滔不绝且充满魅力,他用提问来展示自己的思想,他像一台他人思想的挖掘机,勤勉地、连绵不绝地、穷追不舍地将每个人灵魂里的那点智慧，冰激凌一样一勺勺挖出来。

春天适合读苏格拉底和柏拉图，我让一个朋友帮我开了环柏拉图周边的书单，看起来浩如烟海，读起来如沉疴不起的病人要打起一点精神头，我估计连将那些书买齐了放在家里的勇气都没有，虽然我还是老派地贪恋书，看着书架渐渐充满就有盼到了满月的高兴。

夜里，接到醉汉打来的电话，说自己坐在江边不知道要干什么，我当然问他是不是打算自杀，他既不承认也不否定，支支吾吾又说了很多话，我只好把电话挂了。很显然，他的命也不必悬在这个电话里面。有人站在高楼上可以给人打个电话，站在悬梁的绳子前可以给人打个电话，睡醒了打个电话，睡不醒也可以打一个。宽厚的嘴唇贴在话筒前非常合适，声音传播到另外一边，那个接电话的人也觉得舒适。你去往那些不容易到达的地方后，有时候会突然给我打个电话，然后描述你所在的地方是个什么样子，沙漠里，或者森林边上，或者一望无际的冰川脚下。你说刚从小卖部买了袋饼干，粗糙极了，像是砖头揉碎了做的，囫囵吞完了。你说已经来了这里多少天，还要待多久，再待下去，恐怕小卖部的每一种小吃都要吃十几遍，连口香糖也不例外。

这电话信号结束的时候，我再度回到生活的这一面，这一面很具体，要赶一篇多少多少字的文章；读完那本书然后发表一下见解；某个学生有个问题问我；草莓上市了，买点儿草莓来吃，奶油还是红颜？奶油据说每天浇的是牛奶，它的饲料是动物性的，也许不过是卖草莓的人骗人，想要你觉得他费了很多力气种出来这种草莓，你如果从中吃不出牛奶味，也算是笨。

具体的生活是永动机，草莓结束了，杨梅就来了，然后是别的，这只是水果。我昨天还做了卤牛肉，我做的卤牛肉里面要放三种酒，具体看家里有什么，一种米酒，一种甜酒，一种烈酒，每一次配方都略有不同。有一阵子，表弟给了我一大瓶他不知道从哪里弄来的荔枝酒，在甜酒里面，它还附加了荔枝发酵后略微酸腐的香气，除非做西点，这类东西的调料配比都贵在一个差不多、大概齐，每一次做的味道都略有不同。

学生给了我一段阿赫玛托娃的诗句:"它没有悄悄走进正午的大街,它没有被引入星辰的名单。但是,它可靠地以自己的不会寄达,不知把光线隐藏到了哪里。"

她说这首诗的题目就叫作《信》。

2018 年 3 月 4 日

41.

你的体温比常人要高，
像个现成的取暖器

亲爱的 X 先生：

这些信到目前为止，我都无法将它们定义为情书，它们更像是写给过去，写给过去的一个好朋友的，这个我无话不说的好朋友，可以为之虚耗许多时间的好朋友，我将我们的关系这样定义，是非常恰切的。我们从未用其他的词语定义过彼此的关系，那十年间所有的见面，在今时今日看来，是别有深意的。

春天已经在附近了，贴着耳膜，你几乎能听到它在隔壁房间焦虑地踱步，彻夜不眠，这层窗户纸太薄。但春天是个有礼貌的家伙，它不会突然跑进来，给你脑门来个暴击，你所感受到的与其说是它的存在对你的压迫感，不如说你自己已然焦虑不堪，已失去了耐心。

你对四时变化非常敏感，会提前很长时间跟我说："花快开了，我们去看花吧。"于是我们去各种各样的地方看花，看过中山公园的花，看过妙峰山的花，看过植物园的花，也看过八大处的花，也去地坛、天坛和日坛看花，本来花是不存在的，经由你说特地去看，突然就都出现了。我们有一年春天去走妙峰山的香道，去了又走回来，都在山里，走累了，找到了一块巨大的岩石躺下休息。那山崖边有棵梨树，白色的梨花正在盛开，我们躺在那里，花儿就飘在脸上，不需要睁开眼睛就能感受到花瓣的分量。你拉着我的手，我一丝一毫的脑子也不必花费，你跟我说了梅花、梨花、樱花、桃花和杏花的区别，到底也没记住。在梨树下睡了个午觉的滋味很特别，你的体温比常人要高，像个现成的取暖炉，并不需要紧贴，就不会着凉。

此后那么多个春天，我一会儿迷失在桃花里，一会儿恍惚于樱花，还有垂丝海棠，我总怀疑自己已经认清楚了那些花，总是在春天到来之际，像只土拨鼠一样从泥地里拱出来，去找一点儿季节变化的微妙信息。我是多么感谢你带我认识了春天，还有秋天，还有夏天和冬天，这让我一年季节感应的心电图，有了一根变化的曲线。你会说，秋天的湖水比夏天颜色要沉，到了冬天就定格了，结了冰之后，即便是冰，颜色也丰富极了。你带我辨认不同的水体不同的冰的样貌，像是跟冰交了很多朋友，冰碎裂的样子像是其中嵌入了一条蛇，它的形体异常于水，让水有了变化，水和蛇一起在一夜之间突然定格。我们曾经穿着厚厚的羽绒服站在结了冰的永定河边。

你总能在所有的地方找到哪怕一星半点儿大自然，一个碎片，你总是避开看人而发现它们，像一个大自然的猎手，你丝毫也不厌烦地跟我描述它们，即便是病中。你醒来后我们通了电话，你跟我说一只蜥蜴在窗台上，就在那里，整整一个下午一动不动。

《会饮篇》我终于读完了，虽然它是很薄的一本书，但一直没舍得读完，它有诗一样的语言，可以说是哲学书里特别浪漫的一本了。它说："世界上没有一种快感比爱情本身还要强烈，一切快感都比不上爱情，就是因为它们都受爱神节制，而爱神是它们的统治者。爱神既然统治着快感和情欲，岂不是最审慎的吗？"

2018 年 3 月 5 日

42.

你在什么地方可以同时拥有钢铁、塑料和水母的质感呢

亲爱的 X 先生:

一个人要断定自己此生决定做什么,以什么为核心,是个漫长的过程,也许有人一下子就知道了,比如莫扎特,他知道生下来就是要作曲的,很早就知道,也特别沉溺其间。多数人,度过了茫然不知所措的一生,有一些人,一会儿知道了,一会儿又糊涂了。此生的意义何在呢?所有人都在想,存活于世的内容是什么?更多的人在

回避这个问题。我花费了许多年，明白了它，但践行依然是件不太容易的事。

写东西这件事，最是耗费性命，也最是活着的养分，如果作品与性命形成了对等的关系，那么它们之间就活了，有了血脉勾连，血脉勾连之后，是它们之间的事，我在边上成了旁观者，成了一个工具和容器，所以，世上不存在天才，天才不过是某样神迹的显现，对此我深信不疑。如果是神迹显现，那么任何工作都不过是按部就班的，你作为执行者、勉力亲为者、付出心力者，又有什么了不起的呢？最终也不是你，不是那么多自我能够解释的东西。

写作可以用很多比喻句来形容，说它从头到尾都是在走一条荆棘路，可以，很神性。说它荒僻如猛兽进入了地貌不详的地带，也没问题，多多祷告就行了。说它开始的时候，不知道结尾，好像一条船驶入了茫茫大海，海的尽头连接着水，而水手在连日的暴晒或严寒中，可能已经说不清楚自己精确的感受了。写作是酒的开瓶器，开了酒，喝的人却不是这个器具，是其他人，这个器具只负责把酒打开，也许闻一闻酒香。也可以形容它为割脉的刀片，锋利但是容易生锈，你只能趁它还锋利着，赶紧对自己下手，让动脉血尽快地，彻底地流出来，一腔血只需半个时辰就流干了。写作是就着灯光看一块陈旧的琥珀，就着台灯看窗外晃动的树影，迭代更新的光影，将它变得莫测恍惚，这恍惚之间，不知不觉，一个下午就没了，再一会儿，一个晚上又没了。写作让你全然打开，全然通畅，全然信任，全然不知自己之存在，全然忘掉了时间和身体的所在，全然沉浸在恍惚当中，全然不计较所得，全然涂改了人性先前的模样，全然以爱为指向去活着，全然理解了痛苦的意义，全然无私奉献，全然不再恐惧死，作为一个概念的死已经不可怕了，但也许到了那一天，还是被虚弱不堪压倒。你与你所写的一切情迷意乱，你被他亲吻、爱抚、蹂躏、捆绑、插入，压倒性征服，你在他的暴力入侵中发出了呻吟和喘息，你也不能不显现自己的欢愉之情，你成为了一个真正的雌性，柔弱、胆小、感情用事，你也害怕他的脆弱和神经质，你打算跟他深入的瞬间，已经来不及脱身而去。人与人之间的一切情感，都可以在写作之中获得，它甚至不是模拟的，是夸大的，是克制的，是脆弱不堪的，也是坚韧无比的。

你在什么地方可以同时拥有钢铁、塑料和水母的质感呢？唯有写作。

2018 年 3 月 6 日

43.

人终其一生建立两种监狱

亲爱的 X 先生：

北京今年的空气比往年好了不少，昨天一个司机说，他送人去大兴，去年雾霾天最严重的一个晚上，坐在车里看不到车头，到了地方，坐车的男孩坚决不肯下车，说是怕半空中降落下来一个穿白衣服的鬼。我是绝对不相信鬼肯出现在雾霾天的，鬼大概也怕患上支气管炎，或者视物不明症，鬼的毛病跟人并无二致，因为它们始终局限在人的想象力里，如果雾霾当中能够出现鬼，为了它不下车也正常。

我到北京的头两年，夜里总是咳醒，准时在两点半咳醒，你跟我说用姜丝煮可乐可以治好，宿舍里开始的时候煮东西不太方便，我买了一箱大瓶的可乐，干喝，像喝桶装水一样咕咚咕咚喝，咳嗽居然好了。也许我的喉咙适应了北京的气候吧，先前北京是干的，在喉咙里，像荧光灯一样硬的光，后来渐渐地柔和起来。我总是记得四元桥夜里的灯，一整排的暖光的路灯，我们在下面走，那一带空无一人，连车都罕见，你跟我说了最近的几件烦心事，我听了给不出什么办法，你总是烦心跟人打交道，总想躲到看不见人的地方。过去的七年，燕平是你看不见人的地方，后来是我，也许吧。

我胆子大，什么人也不怕，但我后来选择的生活也不太需要跟人打很多交道，本质上也是条看不见人的路，像1996年夜里的四元桥，我们经常走着走着，听到头顶上的四环路上，远远地过来了一辆货车，货车震得桥基晃动，如果正好走到桥下，感觉头上有灰尘落下，你总是把我拉到安全一点的内侧，那是你像父亲的一面。

深情、长情的人总是会自动分拨，在生活的簸箕里，变成了沉底儿的那些金属豆，金属和豆这两种搁在一起别有深意。

在我看来，人终其一生建立两种监狱，而且这两种可能是并存的，残酷的监狱和温柔的监狱，残酷的监狱是异己的，是他人给予的，是硬邦邦的、无趣的，损耗人的生命的。温柔的监狱是我们主动修建的，自觉遵守监狱守则的，轻易还不肯刑满释放的。对我而言，写作是我的温柔的监狱，大自然是你的温柔的监狱，你说自己有一次独自去十三陵水库，躺在水底睡觉，一会儿咕咚咕咚喝几口水，出来透口气，再沉下去沉沉睡去。在那种情形下，你终于远离了人，远离了人的体味、噪音和麻烦。你摆脱了空气而进入了水。

所以梭罗说："我根据经验判断，湖泊是这样，伦理道德也是如此。这就是平均律。这种用两条直径测量出来的规律，不但可以引导我们观察天体中的太阳和人的心灵，而且还可以汇集每个人每天的行为和生活，为这组合体的长度和宽度画上两条线，直向他的湖湾和入口，而两条线交会的地方，就是这个人性格的高度或者深度。"

我也因此永远记住了你在水库中逗留的那个下午，你作为另外一个物种而存在，神的迹象也在你身上显现，因为你描述的过程中，没有说到呛水，也没有提及溺水，你好像与生俱来地可以在水里午睡，今日我想起来这件事，还觉得奇妙无比。

2018 年 3 月 7 日

44.

因为你的缘故,
郁金香我最喜欢橘黄色

亲爱的 X 先生：

你不在这个层面上的空间的时候，它的变化特别大，我们常去的很多的地方，基本上都消失了，平白无故地消失了。比如民族大学边上的新疆街，你最喜欢那条街上的大羊肉串，特别大的红柳枝或者铁签子穿的，冬天的时候，站在街边，整条街烤肉的香气和烟雾弥漫，我们一手大肉串儿一手馕，就站在街边猛吃，口中呵出热气，热气又向空中升腾。新疆街上有很多维吾尔族人，维吾尔族小男孩舌头打着卷儿叫卖，在街上窜来窜去，行动机敏又讨人喜欢，我们喜欢一边吃东西，一边看那些漂亮的维族小男孩，窜来窜去，窜来窜去，小蛇一样。

新疆街和维吾尔族小男孩们是什么时候消失的，我毫无记忆，我只是听说他们消失了以后，非常担心你会失望。冬天的时候我们去新疆街，也去国子监，国子监的雪看起来格外厚，不解何故，雪落在国子监像是正中它的下怀，像是整个北京的雪都倾向于落到此处，雪在这里有了多余的价值。

从国子监街的东入口一路走到西入口，国子监斜对面有一家卖兔儿爷的瓷器店，我们一定会进去转一小会儿，但从来没有买过一只兔儿爷，你会在庙会上买上一只糖葫芦，一只小到不能再小的风筝送给我。你从来不会买夸张的礼物，最多是一双鞋。初春的时候，你突然给我带来了一大把郁金香，橘黄色的，说是路过国贸看到一个进口花的花展。我后来在我租住的小院一侧埋了郁金香的花球，每年春天最早开放的就是橘黄色的郁金香。实际上,紫色系的花会是冬季结束后第一波开放的花朵,诸如二月兰,卑贱又常见的二月兰瞬间铺满了院子的各个角落。紫色的牵牛花随之到来,然后是德国鸢尾,我把德国鸢尾集中种植在中心地带,很小只的乳白色铃兰点缀其间,要找到铃兰,非得趴到草丛里才行。

因为你的缘故,郁金香我最喜欢橘黄色的,实际上粉红的也很好看。我并不知道郁金香在经济学史上还曾经有过一段泡沫期,比方说 1635 年,一种叫 Childer 的单株卖到了 1615 荷兰盾,相当于十几头公牛的价钱,1000 磅(约 454 公斤)奶酪也只需 120 荷兰盾。整个荷兰疯狂地陷入了郁金香的炒作狂潮,花儿也能够成为疯狂的理由,真是没想到。1637 年 2 月,一株名为"永远的奥古斯都"的郁金香售价高达 6700 荷兰盾,这笔钱足以买下阿姆斯特丹河边的一幢豪宅,而当时荷兰人的平均年收入只有 150 荷兰盾。疯狂过后,花儿还在,初春也还在。它们的种球最喜欢砂质的土,春天到来之前隔几年应该拿出来晾一晾，再种回去，我种的花球还埋在院子里，它们到了春天还会开花。

我感觉像是把某一部分的橘黄留在了地里，把圣杯一样的春天留在了地面以上25厘米处。

2018年3月8日

45.

春天就像

一个刚刚拭完剑上血的剑客

亲爱的 X 先生:

  几天没写信,我有点儿走神,今天清晨我梦到了你,你帮我把一辆车从甲地开到乙地,比方从昆明到成都那么远的距离,我坐在副驾上,你跟我说了什么已经记不清了,那一路,你都在说,你要赶飞机,我们到了目的地之后,你得尽快赶赴机场。而我,打算把那辆车放在那里,要放很久,不知道多少年以后才会回来取。

我只记得下车之后我就走了，也来不及和你告别，我猛然坐起，在夜里回想这场景，一层又一层的细沙渐渐覆盖了镜面，你和过去一模一样，有所改变的是细沙和镜面，它们越来越容易将彼此覆盖，我恍惚觉得那条路在沙漠之中，汽车发动机的声响被沙漠中的风声覆盖，你跟我说的话，被我的沉默覆盖。所以，在梦中你说了什么了？我想告诉你我的近况，然而一句也说不出口。这十五年，我没有一句好听的、不好听的可以跟你说，时间让我们变得疏离，客气，彼此保持了距离，即便在梦中。

我极少梦到你，梦也改变不了什么，咫尺天涯的话依然咫尺天涯，那些完全无法用时间作测试剂的情感，已经渐渐弱化成一片沙漠，我听到了风声，也听到了发动机报废前的轰鸣声，你把车开得又快又好，选择了一条可以看到的路，笔直朝前。

你写来的信我悉数收到了，知道你最近很好。你父亲去世那年你回了老家，还给我打了电话，你父亲多年前给我打过一次电话，说遇到了一些麻烦事，而我是你最好的朋友，我跟你说了他的麻烦事，你让我别管，似乎你们之间要说什么也不太通畅。我第一次接到你家人的电话，很诧异，也很高兴，因为他无条件地信任我，就跟我信任你一样。然而数年后，他就病逝了。你说你母亲也垂垂老矣，也是个倒计时的状态，但我再也没有听到你提起她来。我有你妹妹家的电话，过去我打过，在你回家而没有手机的时候，她拿起电话来问我是谁，我说我是你的好朋友，如此，她便把电话交给了你。

夜来，翻了几页让·波德里亚的《冷记忆：1987—1990》，里面说："不再有计划，爱情计划或写作计划，剩下的只有生存计划，就像一个表层空间，从上面经过的都是见异思迁的杂乱物品，人，没有未来的所有形式。"

确实，就像这本书提及的："重要的在于耗尽生命，耗尽情欲，耗尽能量，竭尽记忆，否则就追悔莫及。"

你肯定看过《肖申克的救赎》，里面有一段安迪在监狱中为犯人们播放歌剧唱段的情节，早起我又听了好几遍，是苏珊娜和伯爵夫人这对潜在情敌的对唱，早起听人唱歌真好啊，特别是歌剧。春天就像一个刚刚拭完剑上血的剑客，我去桂公府转了一圈儿，观察那里的树，有些树上，冬天之前的叶子还挂着，还没有迹象表明花苞和树芽正在枝子里蠢蠢欲动，但会有某一天，突然，所有的树都开始发生它们自身难以抗拒的变化，这扭转的方式就像人一转念之间。

2018 年 3 月 16 日

46.

我对着黑暗默念：X

亲爱的 X 先生：

有一天，我们步行到一片滩涂，坐在一张长椅上，整个下午，看两只巨大的水鸟在滩涂上悠闲地走来走去，这是它们的日常生活，两只巨大的水鸟，在滩涂上，走来走去。在我看来，它们长得一模一样，也许它们之间能够辨认出差别，就跟人和人不同一样，我们没有太多的交谈，谁也不触碰谁，我们甚少勾肩搭背，手拉着手，总是保持着一小段距离，即便是坐在空无一人的滩涂附近的长椅上，也是如此。

"X。"我对自己说，过了一会儿，又重复了一遍，"X。"

多年来，每当我身处不愉快的境地，总是默念你的名字，像是履行了一个仪式，这句祷告会透过时间的褶皱或者缝隙——所谓的虫洞，传布给多年前的你吗？在漆黑一团的夜里，醒来，我对着黑暗默念："X。"

你的名字绝不会像一根火柴在黑暗中被点燃，火柴的光亮也绝不足以照亮多大范围的空间，你会像神或者佛一样保护我、保佑我、照料我吗？我和你，到底谁是幸存者？我所交付给你的信任，已经像一场又一场的暴雨淋湿了我自己，湿透了，无法再恢复到干爽的时候。

"X。"当我决定放弃自己的时候，对着深渊说。

那一年的雪夜，你开了车带我去看结了厚厚冰层的河，一条陷入黑暗之中的河。我站在河岸对着冰层喊了一声："X。"你从山坡踩着雪走上来，走到我身后，猛地拍了一下我的肩膀，你好像没有听到我的叫喊，幸好。我从不当着你的面念这句咒语，何况天上依然下着雪，雪还有如此这般的力气从天上往地上降落，雪，也是这样落在别的地方的吗？

你让我喝水，你自己也喝了一口，我们站在河岸边上看微蓝的河。河水上的冰阵用非常缓慢的方式裂开，从里面开始裂开，水下的微生物还活着，不管什么温度它们都还能活着，有的还发出微弱的亮光。你往河里扔了块小石头，但是听不到石头落地的声音，也许河面离我们比看到的要远。

我们回去的时候，车轮在马路上打滑，车是你借来的，你从来没过一辆车，我有了车以后，你开过几次我的车，我们去了比较远的地方。你在第二段婚姻期间，我不知道你何以拿出那么多时间出来，我们总是去各种地方，长时间坐在一起，几乎也不说什么，我只是学会了在心里默念：X。

这是怎样的悲剧，我们出行，但没有回到共同的家，我也有过同居男友，他们也浑然不觉吗？他们出门，门关上的时候，我心里自然地发散出一个声音：X。我松了一口气的时候，X。

我对一个人好奇，可能最多一个月就觉得索然无味了，然而二十二年来，X。

我们去过一个破旧的游乐园，你清扫了旋转滑梯让我上去试一试，滑梯依然好用，在被地心引力诱导下行的过程中，我看着站在滑梯尽头的你。

X，又一个梦醒来，那里空空如也，沙石和尘土飞扬，我坐在床上，空气中没有别的存在，也没有任何存在的必要。

2018 年 3 月 17 日

47.

完全不应该期待死去的一刻

跟此时此刻有何不同

亲爱的 X 先生：

有一天，妈妈做了鸡汤给我喝，我从里面捞出来一个奇怪的东西，问她："这是什么？"

"卵袋，也就是鸡的子宫。"她说。

变态如我仔细地观赏起鸡的子宫。很多时候，你活着活着，会不知不觉地活到卵袋里面，空间变得越来越狭小，作为一只卵，只能使劲想办法长出壳来，好从卵袋里钻出去，看着光寻找逃生的路径。多数人实际上生活在一只卵袋里面，柔软舒适的内壁，自己想办法采光和照明，像皮诺曹住在鲸鱼的肚子里一样，过着昏天暗地但浑然不觉的生活。

昨晚终于读完了《希特勒的哲学家》，断断续续，三位犹太学者不同的命运，瓦尔特·本雅明在盖世太保来抓捕他的一刻，服毒自杀了，库尔特·胡贝尔被送上了断头台，汉娜·阿伦特历经艰辛，逃到了美国，她最终和萨特一起选择了"原谅"马丁·海德格尔，所以我们得到了一位被清洗过罪恶的海德格尔。我们一起去过的风入松，有海德格尔的那句名言，不奇怪啊，人既可以诗意地栖居，也可能成为希特勒的御用哲学家。

他在他的卵袋中，忘掉了更基本的判断，希特勒杀人，纽伦堡审判也杀人，杀掉了一些杀人的人。人以群分，那么多人仅仅因为分类，比方你是个犹太人，或者曾经是个坏分子，便被宣告死刑。这本书描述负责纳粹断头台的看守的日常生活，他要清洗断头台，把上面的血迹清洗干净，把缠绕在刀片上的头发拉扯下来，地上还有污垢和被行刑犯人的排泄物，这都是很大的工作量。纽伦堡审判采用的是绞刑架，被漆成黑色的绞刑架设置在一个体育馆内，有三台，两台正常使用，另外一台是备用，每个人都有一套新的索具，人从上面掉下来后，下面是一个封闭空间，三面木板一面黑布，所以，临死前挣扎抽搐的样子不会被人看到。

杀人的人，忏悔有用吗？被杀的人，逃亡有用吗？本雅明一度已经逃到了法国和西班牙交界的边陲小镇，又被抓了回来，他被困在一个法国的小旅馆里面，他这样形容："要是找我的人发现了我躲藏的地方，我会大叫一声，打败那个使我现形的恶魔——甚至，不用等到被发现，就会在那一刻到来之前发出一声自我解放的叫喊。"

死亡毫无美感可言。

像你这样已经把死当成一次次演习的日常生活的人，我从未跟你谈论过死，生怕你又想起了这个词。你从不写遗书，你好像没有什么可留下来的，除了那些书，那些书，你说随时可以卖到废品收购站，或者让需要的人一整车拉走，其他的东西，更是可以随意丢弃的。过去我没有意识到你这么说是什么意思，现在逐渐明白了。在我们身处其中的卵袋里，一切都是暂时的，暂居的，完全不应该期待死去的一刻跟此时此刻有何不同。

2018 年 3 月 18 日

48.

她认真决定退休之后,
找到了很多新的兴趣点

亲爱的 X 先生:

我不喜欢在任何情况下描述自己曾经经受过的痛苦,我总是把这些体验放到诗里面,或者让小说里的人物去经受,比如在某次病中,看到扫把都能想象到把整只扫把吞到胃里去一点点消化,那种无边无际泛起的恶心,五百座模样不同的金刚怒目,和五百万种分贝不同的声响一起向你袭来。一个人描述自身的痛苦有意义吗?痛苦是与欢愉和平静放在一起才形成意义的，在阳光下感受不到积极向上的能力的痛苦。

如果一个人预先获知自己余下的时日无多，那会很有意思，他对于时间的计量方式会完全不同，甚至会珍惜痛苦的机会，看到一只麻雀，忍不住俯身到它的小胸脯前，听一听还有没有心跳，夜半醒来，听一听周围的声音，以确认自己听到了应该听到的，此刻并非最终的时刻。

很远的地方，传来一辆车啸叫的声音，它可能在倒车，提醒周边的人注意，不要被撞到，除此之外，周边一片静寂，楼上的邻居传来推拉橱柜的声音，那是他下班回家，正在换衣服。在这样的一个普通的黄昏，周遭的事物都陷入了灰色之中。晚饭后，我陪同母亲去银河 SOHO 散步，从栽着小竹林的那一侧走起，绕大圈儿，她对银河 SOHO 映在周边建筑幕墙上的幻影赞叹不已，总是跟我说要去那里拍几张照片。那天小女儿来了，果然帮她拍了几张，花坛边的，台阶前的，扶栏回首的，还有银河 SOHO 的倒映在其他楼的影子合着她的远景的。

她认真决定退休后，找了很多新的兴趣点：逛淘宝，在自己砌的砖头坛子里种菜，照着视频和图示做个中国结，比方有一个寓意着"远方的朋友"，她要做一个送给自己最好的女朋友，这两天还看了李沧东的两个电影——《诗》和《薄荷糖》。弟妹来了，她就跟人家投诉我如何嗜睡症发作，如何不吃不喝十几个小时，说了我半个小时之后，跟弟妹逛早市最晚的节点去了。

　　我鼓动母亲重新做一些小时候吃过的东西，比如春饼。清明节去给埋在水稻田里头一块干地的外公扫墓回家后，我们会吃春饼。那些天在街上有人摆出摊子卖春饼皮，特别薄，论斤卖，人多的话，要买两三斤皮回来。里面的馅是自己准备的，主料是豆芽、韭菜和豆腐丝，如果要吃荤的，加一点儿切碎的鲜虾。豆芽韭菜豆腐丝事先炒过，加了盐的，包的过程中得把放它们的大铝锅侧放，将汤汁留在低处一侧，春饼必须保持干爽才好吃。

　　清明吃春饼，端午吃粽子，夏至吃麦狗煎，中秋吃月饼之外，还有螃蟹，以及糍粑沾花生碎，冬至吃甜的、姜汁红糖小汤圆，过年要做三种内容的粿，绿豆馅以及甜、咸花生馅，做炸五香、炸排骨和酥肉，也会炸花生饺。吃了碱粿想吃花生粿，还有油葱粿和芋头糕，永远吃不腻的炸芋头，早餐的虾饼，其实是黏米粉和了葱花和五香粉炸出来的，中间带个圈儿，特别酥脆，配咸豆浆好喝，甜豆浆也好喝。

怎么都行，只要能做出来。

2018 年 3 月 23 日

49.

高速上没有其他车,
我要去哪里?

亲爱的 X 先生:

半夜,我从黑暗中睁开眼睛,像是从一条漫长的隧道里走出来,眼前没有光亮,光线有什么用?我甚至不知道自己是醒着,还是在一个更深的梦里睡着,我从哪一重的苏醒中醒来,在哪一次生命中醒来,在哪里和哪不里醒来?我充斥着阴暗,还是阴暗填充了我?

我的脚上踩着棉花,棉花也硬要在我脚底板上贴着,从感知而言，那是云彩，是飘飘然的尘世，是得意忘形时从天国映射下来的一缕强光，我抓住芦苇，抓住破碎的腿骨，想要沿着污浊的河水逆行。

此生我已行至此处，到了这个红绿灯口，我从金宝街拐到朝阳门内大街，大方家胡同入口处的生活超市涌出来很多买了菜和水果的人们。周一上午，我跟在一个老太太身后过了马路，她提着一兜子包子，应该吃完这兜包子再喝口汤，再等着上床睡觉。

然后，从黑暗中睁开眼睛，周而复始。

我做了一个奇怪的梦，梦到我在开一辆造型奇特的车，坐在右边舵的驾驶座上，离合器、刹车、调整播放器音量的按钮，分属不同的盒子，我用脚去够，这里踩一下，那里踩一会儿，我和它们之间的距离忽远忽近。有那么一会儿，我找不到油门了，车止步不前，而后突然加速，高速上雾气弥漫，雨下在还没融化的雪上，这让仪表盘上笼罩了厚厚的水汽，因为车窗关不严。

高速上没有其他车，我要去哪里？没有一扇宽大的门会留给梦中人。

那个在梦中亡命天涯的人,也未必是当下之我,只是记忆留存在脑细胞的断层当中,他人的记忆,过去的生命,那个有车的、雨下得整个世界都要坍塌的时代。失败,潦倒,那个人,难辨男女难辨年龄,他的驾驶台上有一把刀,刀柄上有累累的刻痕。车里堆满了东西,这个习惯跟我完全不同,我连一分钱都不许出现在车里。我听到他在清喉咙、咳嗽、擦脸、喘息,打了个盹继续开车,要去的地方太远,好像永远也到不了目的地。

我不想在夜里走,也不想在白天,有介于夜里和白天之间的另外一种状态吗?我不能取代那个梦中男人的记忆,也不能帮他永远保存这些碎片,这些支离破碎,我得在我此时此刻的红绿灯路口接着走过去,跟着那个提了一兜包子的老太太,望着她的背影,花白的短发和黑褐暗纹的羊毛开衫,就那么走过朝阳门内大街的马路,进入大方家胡同,左边是生活超市,右边是一辆又一辆的小黄车和小橙车,过了大方家胡同69号院,门口站着一个个头不高的保安，我穿过护栏进入小区，六号楼、七号楼、九号楼，楼前有两只垃圾桶并排而立。

夏天还没到，还没有苍蝇从垃圾桶飞出来，我抬头看着四楼，有个穿着秋衣秋裤的老头儿常年在那里站着抽烟，他把烟灰弹在一只矿泉水瓶子里，矿泉水瓶子又悬挂在窗台边上。抽完烟的他，还会在那里干站一会儿，他正望向不知名的某处。

2018 年 3 月 27 日

50.

写诗的人

就应该敏感热情又多疑多虑

亲爱的 X 先生:

在你感到失落的这一天,你可以站起来,到室外走走,也可以坐下来,继续工作。我写完了又一个短篇的初稿,《然后他们就在对面接吻》,我好像故意要切碎它,把它捣碎,然后凌乱无序地给予一些杂乱不堪的东西。有序的东西已经开始让我厌烦了,我要无序、混乱、嘈杂、破坏。

那是2000年的一个碎片,一个虚构与真实中的混合动力小三轮车奔跑在京密路上。那一年的夏天,充斥着那一年特有的雨水,干燥和尘土被雨水盖住,和成了泥,春天的沙尘暴一直到四五月份都还非常厉害。我记得,每天起床都要打扫厨房台子上厚厚的一层灰,窗户还是铸铁的玻璃窗,边沿密封效果实在太差了。但是到了夏天,所有的沙与尘都被暴雨镇压了。

不知道你还记不记得,春天的时候,你来我的住处,当时我租住了西门子公司家属楼里的一间房,在二楼。那是我研究生还没毕业时的事,你再也不必到研究生院的女生宿舍找我了,我有了一个临时的家。你进入这个两居室后,很快发现到处都是灰,窗台,桌子,地上,床上,你坐在那只七八十年代风格的老式沙发扶手椅上跟我聊天,把手放在椅背上,那上面的灰都被你的手无意之中擦干净了。

2000年的北京沙尘暴漫天,到了五月份,换成柳絮漫天,你的单位在祁家豁子,当时感觉远到不能再远了。你要坐地铁二号线，再换乘公交车去上班，有时候，我们相约在东直门地铁口碰面，在那里一起买一只烤红薯，掰成两半，坐在台阶上吃，烤红薯吃多了胃会呕酸，所以我们分吃一个大的。五月的柳絮飘在烤红薯上，我们便连着柳絮一起吞下去。

只消三天，楼前的树就绿了，夜里，有一群昔日写诗的男孩跟我联系。过去我们经常在一起吃饭，一想起这个那个写诗的朋友，就要给人家打电话，挨个儿打，在电话里胡说八道，腻腻歪歪，分明是一出善意的喜剧。诗人就应该是明晃晃、外挂的灯泡，写诗的人就应该敏感热情又多疑多虑，我也不例外，你肯定对此束手无策。我刚开始做诗人的那两三年，跟很多诗人成了朋友，我们也经常在一起玩，见面，聊天。我通常会把认识的每个人的情况巨细无遗地告诉你，你从不判断或者发表什么看法，只是听我说，然后问一些你感兴趣的小问题："那他很会爬山吗？改天约着一起去爬妙峰山吧？"或者仅仅是："哦，那确实不错。"

春天的妙峰山是你最喜欢去的地方，我们甚至会顶着沙尘暴去，在你离开北京后，我数度和不同的人爬过妙峰山，在那条据说是明清遗留下来的香道上，我总能回想起你敏捷地在台阶上奔跑，然后在某一级上回头等我的样子。你取走了我的双肩包，还有水壶，我两手空空还是不如你跑得快。有时候实在爬不动了，你索性背起我就走，几十级台阶宛如平地一般。午后的阳光透过树梢照在我脸上，我把脸贴着你的脖子一侧，像是一只濒临灭绝的蜥蜴。

2018 年 3 月 28 日

51.

整条胡同被照耀得滚烫

亲爱的 X 先生：

北京进入夏天之后又经历了一波三折，比方昨天，午睡醒来感觉屋里冷飕飕的，饭后出门散步发现下过雨了，雨后的空气有一种被冰水沁过的微凉，我穿着无袖的背心裙，被迫又套上一件厚的棉 T 恤，如此不伦不类地走在街上。所幸这一带遇不到任何熟人，如果遇到了我也只能请他们去庆丰包子铺吃二两包子，那里的包子是出了名地难吃。

以前住在六环外，总是盼着自己有一天能住到附近有7-11的地方，现在的7-11大部分是24小时营业，深更半夜实在饿了，还可以进去找一点热的吃，一个人百无聊赖，还可以走进去转上两圈，即便只买了一盒薄荷糖出来，也不会有人用鄙夷的眼光偷看你：看，这个无聊的人！

我不是一个爱出门的人，但自从住在内务部街边上，便时常喜欢出去闲逛。内务部街里藏着北京二中的本部，经常可以看到高中部的学生放学，鱼贯而出，男孩女孩穿着校服，说着他们认为很重要的话。高中要是能够设立一门"本课程不为了高考只为了让大家高兴"的课，我都想去做兼职教师。看到年轻人走在古老的内务部街实在太有意思了，他们或者骑车或者步行。有一天，一个戴眼镜的瘦小男孩和另外一个略高略壮的男孩走过我身边，说："你知道吗？段丽跟齐大强分手了，她是不是还喜欢罗小刚啊？"

最热的那些天,内务部街简直太热了,下午时分的光线打西边来,整条胡同被照耀得滚烫,像一根刚从笼屉里取出来的肉包肠,走在上面,偶尔的树荫也无济于事,院子口两边各站着一个老太太,站在门洞里,远远地聊天,谁也不愿意走到对方的门洞来。

夏天要做那些容易让人凉快下来的事,我买了各种时令水果,陕西的水蜜桃已经吃完了,烟台的美早樱桃也吃了四五斤了,就等着广东的三华李和福建的血桃。这两天突然想吃厦门鼓浪屿的黄金香肉条,有原味和辣味两种,我和陈博士都爱吃,买了四罐,基本上是我们俩分食完毕,平心而论,原味的比辣味的好吃,可能福建人就不擅长做辣的东西。

馋虫一时上来,无论如何也挡不住,不久前淘了潮汕的牛肉丸和牛筋丸,说是手打的,拿回来煮手擀面吃,最后撒上香菜。牛肉丸和牛筋丸数潮汕和泉州的好吃,我还想买我们漳浦县的肉丸,也看到有卖的,到底犹豫不决,怕不好吃,不正宗。县里做肉丸最好吃的人家叫周明家,周明家有兄弟两个，分家后各开了一家肉丸店，每天卖得热滚滚的，生吃都不够，当然无暇剥壳，也因此，周明兄弟两个肯定不会去开网店做远处的营生。

母亲自从来北京后，常常念我们县的猪肉好吃，后颈肉买来，切大块煮酱油水，只放酱油，别的什么也不需要放，因为肉好，这样煮着吃，就觉得好吃极了，几块肉可以配两大碗米饭下去，或者配白粥。她会网购，从三四个地方买过猪肉，大别山的、安庆的、四川的、贵州的，终究不如漳浦县的，总觉得悻悻然，也无计可施。

2018 年 6 月 10 日

52.

长大后我管自己叫小野洋子

亲爱的 X 先生：

早起，我在准备下午开会需要的东西，我想把童年时候生活过七年的外婆家的院子画出来，但是记忆就像一个顽劣的小赖皮，无论如何，我记得空间，却不知道如何过渡。比方到了画的时候，却想不起来，那个开敞式的客厅跟下沉的天井之间，是石头台阶吗？有几级，有多长？从客厅右侧廊下，可以通往外挂的小屋，再从小屋外的廊下，可以去往菜地右侧的柴草间，柴草间内常年装着一些杂物，母鸡也会躲在里边生蛋。

下沉式的天井不小，地上都铺着大石条，左边有一个洗衣服用的大石槽，上面正对着厨房，右侧有一条长石凳，我们常常把小酱菜缸放成一排，在那里暴晒，最需要暴晒的是豆豉和酱豆腐，外婆为了隔绝苍蝇，总在酱菜缸上放一块玻璃，暴晒之中，水汽附着在玻璃内，雾气蒙蒙地望进去，里面散发出豆豉的咸香。

我们还得晒海量的冬菜，其实就是高丽菜（北方人叫圆白菜），切成大块，洗净，摊放在一米多直径的竹晒箕上晒。那些晒冬菜的日子，院子里弥漫着半干的高丽菜味，等它们加了生蒜和粗盐，香气愈加浓烈，竟比吃的时候更好。

我能想起来客厅到两侧厢房如何过渡，厢房的门也是带石头门槛的正经双开木门，我们小时候常常坐在那些石头门槛上玩，夏天冰屁股，要赶在别人坐过之前，先把自己滚烫的屁股贴上去。

刚才所说的下沉式天井通往上升的菜地,所以,菜地的海拔比天井要高,菜地与天井之间种了一些牡丹、月季和菊花之类的大路货。菜地分成两片,中间一条小路,小路边上种了黄花菜,夏天,须得赶早去采下来新鲜开放的黄花,中午就把它们煮汤喝了。

这些记忆都比不上端午节。那天,我们会在井里冰一整只大西瓜,会在正午十二点让生鸡蛋或者鸭蛋站立在石头门槛上,比赛谁的蛋真的会站立起来,而且持续不倒。大人们会用靛蓝草煮出来的染料煮已经褪色的裤子,让它们重新吃上颜料,无奈膝盖等部位往往已经穿烂了,还得补上一块巨大的补丁。那些年县城里的生活,造就了我的野性,你形容的疯,也就是野。长大后我管自己叫小野洋子,不喜欢穿鞋,不喜欢被束缚,看到树就要爬上去,要是能走窗户就不走门了,特别喜欢爬栏杆,特别喜欢站在危险的地方往下看,希望跟人发生冲突时,那种动物一样腾地支棱起羽毛和全身肌肉的感觉。喜欢激怒别人,希望见到路上好好地走着的一个人,突然流鼻血,然后仰面朝天。喜欢热烈的天气里一身大汗，然后跳到河里去泡着，我每天都在奔跑的状态当中，跑去小卖店买根冰棍，跑去给鸡找个新的窝，去把窗户上的蜘蛛丝缠在一根竹竿上，拿着这根竹竿去捅电线杆子。

反正顽皮够了，长大了就没有那么多不满意，你肯定也是差不多的皮猴子，可能，比我还要命。

2018 年 6 月 15 日

53.

我们在彼此的疆域里蹦蹦跳跳

亲爱的 X 先生：

入秋之后，我总觉得光线越变越凉，空气条分缕析，被切割成许多大大小小的未来的冰块，透明的、高高的天，左右不过还有一个月可以消受。我脑海中盘旋着《春歌》："春有百花秋有月，夏有凉风冬有雪，若无闲事挂心头，便是人间好时节。"这句诗里面最有意思的是第三句，既然是闲事，为什么要挂心头，如果连闲事都不肯挂在心头，却要将忙事取而代之吗？闲事难道不是一等闲的，挂在心头恰如其分。心里头如果一点儿闲事都没有，空荡荡好像一座空山，那只能等着最后那天，从死神那里挨刀了吧。

入秋之后，我像一只被主人闲置的棋子一样，停在木头抽屉里，里面还有其他棋子，然而我是卒子、微不足道的小兵。我只会下跳棋，这使得本来会下军棋和象棋的你，不得不陪着我下跳棋，跳棋两个人下只需要动用两种颜色的棋子，你总是下意识地选蓝色，我总是选红的，我们在彼此的疆域里蹦蹦跳跳，像一次真正的旅行。有时候我想好了妙绝的一步，一遍遍巡视那条曲折的可以直扑你的虎穴的路线，怕自己忘了，但你下过一招之后，我那条路就被堵住或者消失了。

这多么像我们彼此生活的隐喻，我期待你将你的未来以不可知的我为基础，但我过于不确定了，我走完那条路后，那条路自己也在黑暗中隐没不见了，路边的草趋于枯萎，路上的记号逐渐消失。你开头还打算在路边等我，看看我的趋势，你总说自己是行尸走肉，那么你的尸和肉在哪里？我从未见过你脚下有类似的东西，你脚下只有一双具体的，通常是42码的鞋。在《心是孤独的猎手》这本书里，卡森·麦卡勒斯形容女一号："她总是守着自己的秘密，这是一件不用怀疑的事实。"又说："但她守口如瓶，没有人知道。"我也是一样的，多年之后，我甚至开始编造自己的秘密，用这些编造出来的秘密扰乱他人的视听。在某些人那里，我像一只稳定号叫着的知更鸟，在另外一些人那里，我有着悲惨的境遇，这撒谎的本能持续了那么多年，乃是因为我曾经将关于自己的真实版本尽数交付给你了，寄存在你那里，我觉得这就足够了，如果世界真的需要一个真实的我，找你要就是了——如果你还记得，还没有将她丢弃。

至于其他人，其他人在我的认识范畴内，已然是埋葬真相的泥土和尘埃，是一些或大或小的石子，你秒存了的，他们无从追溯，只因为我从未起心动念要占有你，我对于余下的所有人，更是本着萍水相逢过后，就此别过的心态。既然连蛛丝马迹都没有存在的必要了,何况是关于我的真相,关于每个人的真相,真相大白过后,街上的灯泡会突然亮起来吗?你还是坐在路边等候着也许可能出现的我吗?在我看来,大可不必了吧。

2018 年 10 月 11 日

54.

你偏好麦当劳而我喜欢肯德基

亲爱的 X 先生：

今天是北京入冬以来最冷的一天，我从三元桥开车回朝阳门，走到也许是新东路堵车了，阳光像银子一样洒在所有的物体上：车、路面、建筑物和行人，光线那么明亮，然而室外温度却是零下三度。光线的亮度像是极昼，极昼让所有北极圈之内的人忘掉了暂时的绝望，他们打算再熬过一个夏天。然而，我望着眼前这银子一样均匀洒落着的光线，我当然无法想象你在哪里，在做什么，对我来说，你和住在北极圈的人没有任何区别，你像是散落在黑暗宇宙当中那些无限的、被吞噬的光线，你是不存在与不重要的、一个悠长的梦境。

冬天来了，冬天是确定无疑地来了，像一只黑猫潜入了黑暗而宽阔的屋子里，然后窝下来，短时间不会走了，我打算继续给你写信，又一年过去了，你依然杳无音信，有时候我会接到一串奇怪的电话，我以为是你，接了起来。

但有时候虚无等同于梦。

今天我把几乎所有能穿的衣服都穿上了，戴了两层帽子，外加厚袜子大棉鞋，就算这样，好像也抵挡不住室外那么低的温度。我从一座楼底下走到对面，刀切一样的风刮在脸上，侧面来车无法看清，来往的人少之又少。我想起你在北京的那些年还没有凤凰城呢，也未必有时间国际大厦，不一定有了星巴克，但麦当劳和肯德基是一定有了，我们还一道去过不止一次。你偏好麦当劳我喜欢肯德基，你吃麦当劳的一种层层叠叠的汉堡，我吃肯德基的新奥尔良烤翅，我们也会先去肯德基买一份新奥尔良烤翅，外加一份上校鸡块，再去斜对面或者隔壁的麦当劳买你最喜欢吃的那种层层叠叠的汉堡。

你吃东西的时候看起来总是很香，像是在荒郊野外待得太久的那种地质工作者，你一定要把层层叠叠的汉堡压紧，一口从头咬到尾，每一层都要咬进嘴里。哦，我差不多已经在写短篇集最后一篇的后半截了，还有六七千字的样子，我猜有一天我真的会接到你打来的电话，跟我说你在网上想方设法找到我写的所有东西，你都仔仔细细地看了，打算打印一份出来，放在抽屉里，并把那个抽屉锁起来。

你还记得 B 先生吗？B 先生一个多月前，也就是双十一时候，从网上找了代购，买了个大白熊的帐篷，真的是本白的，帆布的，形状很好看，英国产的。店家从他订购那天起就在海外颠沛流离，找大白熊，也许他找的是真正的大白熊，总之，一个多月过去了，B 先生也没收到海外直邮来的帐篷,他今天跟我抱怨了。我买了一只黑色金属材质的酒壶,打算在大冷天装上威士忌,出门的时候喝一喝,店家说黑色的断货,只有白的,我执意要黑的,宁可等。就这样,B先生在等他的白帐篷时,我在等我的黑酒壶,我们像两个怨念难却的执着的客户一样傻等。

我的酒壶来的那天,真希望北京比今天还冷,那我就要出门领教一下最冷的一天了,也许应该去趟动物园会会大白熊。

希望你好好的,这会儿。

2018 年 12 月 07 日

55.

我的半边人

并没有站在露台的门外敲门

亲爱的 X 先生：

入冬以来，我去了一次武夷山，两次南京，一次广州，旅行箱里塞满了忽南忽北的行李，我弄丢了一件薄羽绒服，穿了很多年那件，居然有点心疼。也许只是丢在出租车后排座上了，也许丢在鼓楼西剧场邻座的位置上了，也许只是放在酒店大衣橱里忘记收了。

想起那年冬天，我在杭州细密的雨里接到你的电话，你从不知道什么地方打来的,听起来背景声里像是有海浪拍打礁石的声音。你用几乎是叫喊的声音问我最近怎么样了?我正要去爬山,我说我正要去爬山。那场细密的雨就像细密画,像它们还在草图阶段。我确实是要去爬山吧?在梅家岭,从满觉陇往上走,是上满觉陇,然后就会到达去往梅家岭的那条岔道,入口处建了个简单的牌楼,我是从这个牌楼往里走的,那里一直都是向下的路,所以不能说是爬山,而是走走山路,九溪十八涧的一段就在那里,可以一直走到钱塘江边的之江路上。我们说了很多次一起去杭州,到底也没有去成,多年来我总是春秋两季到杭州小住,通常不是住在满觉陇杨家山的飞鸟集,就是住在灵隐寺边上的未闻小筑,要是能够住到未闻小筑的S房间就更好了。它是个复式阁楼,卧室在斜屋顶里面,光线昏暗,但是头顶上开了天窗,一楼除了露台和卫生间,还有一个可以作为工作间的小客厅,挨着窗边的桌子比其他房间的要大,我如果提前记得,就让主人把S房间帮我留住。有一天我想要写一篇名为《S房间》的短篇小说,讲述一个不知名的半边人,从外边河边一路慢慢走过来,从露台外的墙爬到了S房间,这里面住着它的另外一半身体,它来找回自己的另外一半身体的,听起来合情合理,当它找到这半边身体之后,第一个动作并非两个半边人像榫卯结构一样紧紧地嵌在一起,它们的泪水融入了彼此的半张嘴,它们暴露在外的胸腔找到了自己的盖子,这是值得庆幸的事情吗?也未可知。

我构思《S房间》已经很多年了,无数次回到S房间去住,躺在那张不小的可以看到星空或者天窗玻璃上污垢的床上,仅仅是构思这个小说已经耗尽了我的心神,再也无法起床,无法走到楼下去,无法坐在那张桌子边上打开电脑打字。每次住在S房间,我总是格外悲伤,我的半边人并没有站在露台的门外敲门,跟我一起过夜的也不是一个清醒的人。他离开的时候带着悲切的神情,那是你吗?亲爱的X先生,如果是你,当时你应该给我一个暗号、一个指示,你还记得我们约定的重逢于未来的暗号吗?那张纸条还在你的夹克口袋里吗?但愿吧,也许。我们拥有的共同的东西已经越来越少了,即便是记忆,也不存在一个S房间,我为了你居住在此的那些时间,仿佛蕨类植物蒸发于史前,愿你永远记得这个。

2018年12月16日

56.

我在厕所的镜子里隐约见到了你

亲爱的 X 先生:

昨天夜里,我打了一辆车,经过了我们过去常常一起散步的那条林间小道附近的红绿灯路口,我向左边看,看到了机场高速下的那条路还在,树当然是长得更高了(23年过去了)。那一带,依然保持着城乡接合带的样貌,粗粗拉拉的质感、暧昧不清的路灯,还有川流不息的车流。我们曾经一起去过的酒吧,后来变成了爱尔兰酒吧,霓虹灯店招牌是绿配红的，我也曾经去那家酒吧喝过一杯吉尼斯黑啤，也许是两杯，或者三杯，一杯得有500毫升的量，我一边喝一边上厕所，同去的男孩大感不解。我在厕所的镜子里隐约见到了你，你站在我身后，时间竟不能像剃须刀片切割开我的颈子、手腕，让动脉血汩汩而出。我怀疑自己见到了，又怀疑是黑啤造就的幻觉，只好一遍遍地回到厕所。

你被时间的虫洞卡在某处，那个地方能够容你侧身而过吗？

而后我遇到了一位长得很像你的人，X先生2.0，那段时间，我和他飞速地成为情人，我在和他的每一次对视当中，找到了和你联结的通道，一道窄到不能再窄的窄门，在你杳无音讯的那些年，我靠和他见面，获得关于你尚存在的一点儿安全感，我的身体无法存在于世间永恒的甬道上，从A到B两点，始终坚不可摧。我也开始生病了，也开始偶尔去医院看不同科室的医生，躺在他们铺着一次性的消毒无纺布的巡诊台上。从医院出来，回家洗完澡，再坐上地铁、公交车或者出租车，去见 X 先生 2.0。那是一个飞快的秋天，也是一个凌厉的初冬。我竟不能够分辨你和他的区别，我把你和他完完全全地搞混了，他的身型和你非常相近，你是整天攀爬山野练成的，他呢？当然是去健身房，还有室内攀岩。

停下给你写信已经一年多了。我从未跟你回顾过这段经历，因为从一个人身上寻找另外一个人，无异于一次探险，一定会遇到挫败和阻隔，在我请求他张开双手双腿，变成达·芬奇手稿上的那个男人的时候，他可能不知道这是我经常让你干的。告诉他这是我经常让你干的，可能会伤及他作为男人的自尊心。然而，天花板上并没有垂下上帝的扶梯，我一厢情愿的仰望也没有得到任何回应。

世界是方形的，还是椭圆的？因为你，我希望世间充满了虫洞，像一只放在蚂蚁窝里的奶酪蛋糕，从各个方向都能有什么穿行而过，世界的胚是充满错漏的，世界的完整是它自身毁灭的前兆。爱你就像爱生命，不是我自己的生命，是普遍、普世的生命，不单是人的生命，是所有可能存在过，存在着和即将到来的生命。我实际上可以透过所有人的眼睛，洞悉你的此时此刻，下一时下一刻，无限时无限刻，我将在紧紧依附的蛋壳形状的世界的壁面上，获得一次弧形的、不规则的滑动。

你的存在，预示着再坚不可摧的墙面，也会分裂出无论多么窄的窄门，无数个这样的窄门，让它呈现全然开放的状态，即便风吹不过去，半个分子、一个原子总可以吧？

2019 年 11 月 03 日

57.

你帮我封存了 1996 年

关于北京的全部记忆

亲爱的 X 先生：

2019 年北京的秋天如期而至，比起 1996 年的秋，有什么不同呢？秋天的景象是没有太大的不同，但是明显地，银杏树要比当年高，枝叶繁密。街上的人要比那时多，而且颓丧。我们去过的日坛公园，有一家涮肉馆子很好吃，现如今它还在，但是椅子上坐满了人，人们往铜锅里涮着鲜切羊肉。我第一次吃鲜切的羊肉，还是在你带我去的崇文门全聚德，那里一人一个小铜锅，里边放的是无烟碳，手指头要是不小心碰到铜锅壁上，一层皮就下去了。你问我好不好吃，我记得我往芝麻酱和韭菜酱里放了很多油辣椒，放一块煮好的羊肉进去蘸了蘸，送到嘴里嚼，坐实了才说好吃。

崇文门一带，倒是几十年如一日，从那里拐到前门，才发现前门的变化很大，前门拆迁的那些年，我正好在做记者，眼见着胡同变成了新盖的小楼，新漆的雕梁画栋，又红又艳。想象不出家家户户住在这样逼仄的房子里的情形，后来我也没再去看过。倒是看过许多个老宅子，都很阔气，院子当中只种一两棵树，巨大的，可以遮阴蔽日的，地上放了一张小桌子，小板凳坐在那里。那就是北京的气象了，风从四面八方吹过来，也许那只是一种假象。

没有你的北京城，到底有什么不一样呢？我想不出来，变化终究是永远的，你帮我封存了1996年关于北京的全部记忆，铝盒或者搪瓷盆装的、琥珀金的，阳光明晃晃地照在复兴门外那条安静宽阔的街上。也就这两年，我搬回城里住了，才发现南礼士路和礼士胡同还隔了老远，礼士胡同穿过去是报房胡同，报房胡同顶到头儿，是人艺的首都剧场。我刚到北京的时候，去这个剧场看过一场金星的舞剧，印象中那时候的首都剧场是坐南朝北的，不知道从哪天起，变成了坐东朝西，台阶比最初的印象要高，剧场比原先的印象要深。人艺的大剧场椅子特别好睡，我经常在里面睡着，或者说，睡一会儿看一会儿，再睡一会儿。睡着了以后微张着嘴，剧场楼顶天花板上的碎屑直往下飘，醒来，发觉舌面上都是细细的粉末，那是剧场盖了几十年累积下来的旧尘埃，只有经常在那里睡大觉的人，才能够品尝到。

你总是像个父亲一样，亲我的额头，我在人艺睡着的时候，你总是紧紧地握住我的手，让我免于在梦中抽搐、紧张。乍暖还寒的时候，你会把我的手放到你的羽绒服口袋里，又大又深的口袋，絮着白鸭绒，偶尔还能抽出来几根鸭子的寒毛。你在的时候，我比独自在剧场的椅子上睡着，睡得更沉，更久，有时候一出话剧都不够我睡的。散场的时候，你不像其他家长迫不及待地叫醒孩子，而是继续坐在那里，等我醒来，继续把我的手放在你的兜里，以至于手心出了汗。你身体的气味、白鸭绒的气味、旧羽绒服的尼龙布，都让我感到安全，足以让人艺变成一个世界上最舒适的旅馆，我们拥有这个旅馆里的两张棉布面儿的大椅子。工作人员最后要来赶走我们的，我揉揉眼睛醒来，看到你正在冲他们摆出"嘘"的手势。

2019 年 11 月 12 日

58.

我想起你说过

兰花应该到山上去挖

亲爱的 X 先生:

我过了一个不同寻常的冬天,关于具体情况,你不管在什么地方,应该是有所耳闻的,我没有特地留意你可能在的地方的新闻,我猜测,也不寻常。

我正等着窗前那两棵巨大的银杏树发芽,每天睡醒之后,都要仔仔细细地看一下,似乎还没有动静,边上桂公府的樱花倒是盛开了,到处传来的花讯都是喜人的,不幸的是,我窗口唯有这两棵巨大的、光秃秃的银杏,像是一个失忆的老人,呆站着。这单调的风景,促使我的心每一天都比前一天更加沉下去,沉到一个坑里、一个瓮里。我在网上看到了考拉烧糊的身体,挂在铁丝网上,你在哪里呢?整个世界乱成了一锅粥,到处都是病人,生病的消息比风信子的消息传播得还要快一些。我想起我也曾经在地里种过风信子,它们是多年生的草本球根,说是会开花的植物当中最香的一种。我在当时那块地里,郁金香的后排,埋了有十几颗种球吧,一颗也没有真的开成花,叶子倒是冒出来了一些,突然就枯萎了,我怀疑是它们不愿意待在郁金香的后面,自觉比郁金香更香,更好看,其次是它们喜阳,但是后墙移来的阴影常常笼罩着一多半它们的地块。

风信子失败了,我很快就忘掉了,因为还有许许多多的植物可以照看,诸如萱草,那是胜算比较大的,基本上秒活。我还种过几株日本铃兰,今天想起来它们,心都要化了。据说铃兰更孤僻,你绝对不可以把它跟丁香放在一起，它立刻就会枯萎，20厘米之内都不行，边上也不能有水仙花，这都是跟它相克的。植物之间的战争真像是两个娇弱的女孩站在一起，你看不出它们彼此之间不对付，但是娇弱的女孩偏生就容不下娇弱的女孩。

在这些信的最初，我似乎提到过你曾经送给我一捧橘黄色的郁金香，因此，每次买郁金香的花球，我总是避开这个颜色，白的、粉的、暗紫的都可以，橘黄色是万万不可的。实际上，你我失联了这么多年，我已经想不起来最后一次跟你说话是什么时候，在刚写信的最初，我陷入了一种幻觉，觉得我们每天都可以好歹说几句话，现在要澄清一下，这是子虚乌有的事。

每到春季，我总是应接不暇地看完樱花看桃花，看完桃花看梨花和杏花，这乃是受到了你的影响，从早樱到晚樱，晚樱的粉已经很淡很淡了，类似于粉引器当中加入了一丝若有若无的粉，晚樱那陈旧而又破败的粉白色，是最让人心碎的，不解为何。因为隔离的缘故，今年我只远远地看到一株樱花，还是在桂公府的围墙里头的，桂公府就在我现在暂居的小区里面，那樱花就是淡粉的，因为隔得远，似乎更近乎于白，我踮起脚尖也看不到树的一半高。

去取快递回来的路上，会有一株白玉兰，也在盛开的时期，不过玉兰不合适挨得太近去看，我想起你说过兰花应该到山上去挖，挖兰花的时候，要爬很长时间的山，顺道去看几尾你熟悉的蛇，有一条蛇那年冬季冬眠之后就死了。你提到它的时候，口气还挺遗憾的样子。

2020 年 3 月 23 日

59.

我将如何

擦拭窗玻璃之外的那层玻璃

亲爱的 X 先生：

多年之后，我偶尔也会回想：我到底是如何度过想念你的那些时间的呢？我如何打发那些见到你和见到你的间隙，所需的小时、分钟和秒呢？当然了，往往是我们在一起的时候，更能够从寻常当中显影，它们是彩色照片，而我想念你的那些时间，灰而又淡。

24 年后的今天，我坐在窗边给你写这封信，我已经不再使用那只灰蓝色的英雄钢笔，也不再在钢笔当中注入正蓝色的墨水。我打字，在键盘上，停顿的时间因此显得格外难熬。我是怎么度过想念你的那些时间呢？这是一个不知道是否存在的问题，时间和时间像几页草纸，被揉得皱皱巴巴，我怀疑这期间还混着一些别的东西，就像我喝茶的时候，不小心泼在一张A4纸上的茶渍。当它干了以后，整张纸都向那一小片淡黄色的茶渍上紧缩，又紧缩。

这世上所有的恋人，如何分别、分头度过他们彼此思念的时间呢？任何时候，我问你，你总是说：我在看书啊，新买的书，无论如何也看不完，或者，我在看澳网，澳网公开赛。而我呢？我从二手市场买了一套巨大的音箱，放在宿舍里，没日没夜地听古典乐，我是如何度过必须要用给你写信才安然独处的时间的呢？除了给你写信，我竟没有办法安静地坐在桌子跟前，宿舍窗外是非常浓密的爬山虎，那座楼的外墙面已经全然被爬山虎侵占，你去的时候，它们也不例外。当你在的时候，它们低垂的感觉似乎在跟我一起，想要锁住那些小时、分钟和秒。你总是从我的书架上拿一本书,你不熟悉的作家,然后问我:你看过没有,考考你?

我是如何度过你问完这种幼稚的问题之后离去的那些时间呢?

> 读你的来信/读业已不复存在的你/写给尚未存在的我的信/你的笔迹/用蔷薇色的幸福包裹着/或者浸泡着紫罗兰的绝望……[9]

我拿着两只饭盆去食堂打饭,我在打饭的人群中下意识地寻找那些身量跟你差不多,背影和你近似的人,我需要在给你写信之余,也给他们写信吗?我需要将无穷无尽、源源不绝的对你的爱,切割一些分给他们吗?让你不至于因为重负、因为情爱的负累,而避开子弹一样避开我见不到你却依然沉浸于见到你的情绪之中的那些时间。

我将所有见过你的冬装叠好,放在四季皆宜的行李箱里,我无法确定再见你的那天,气温是怎么样的,我仅有的开衫适不适合穿在外面，如果思念你的夜里正好下了雨，那个雨夜就变得格外煎熬，雨水落在爬山虎的叶子上，进而打湿了窗玻璃，我将如何擦拭窗玻璃之外的那层玻璃，好看清未曾被雨水打湿的叶子的背面，我是否应该为之负责。

如果你读到现在这些信，读到这一封，而终于能够略微体会一些我的心情，相信所有的鱼，会因此从深海之中涌向岸边，所有的，一点儿也不为过。

2020 年 3 月 24 日

60.

我们是相约一起跳悬崖的人

亲爱的 X 先生：

一位编辑朋友之前送了我几本精巧的小书，其中一本叫作《乌托邦年代》，我一直随手放在工作台边上已经堆成山的书堆里，最近拿出来略微翻了一翻。选择怎样的生活，在任何时候都是至关重要的，而人对于幸福的定义，就像是一个变量，随时随地都在变幻，是变幻莫测的。

记得我们讨论过，不是要不要爱的问题，是有没有必要去爱的问题。当比我大八岁的你，打算选择爱的必要性，我还停留在要爱的充分性上。

你步入三十岁那年，我们刚刚开始在一起，我们一起坐在公交车最后一排的左侧，北京那时候的公交车座位还是很多的，车票是一角钱，你总是颠颠簸簸地从车头那侧找售票员买完票，然后走回来，扶着椅子背上的扶杆，你歪着脑袋朝我笑，可能对我来说，世上再也没有出现过比你的笑容更迷人的笑容了，我当时应该用石膏将它拓出来，永远留住。

我们一起坐在公交车最后一排的那些时候，我有时会把脸放在你的手心里，伏在你的膝盖上。"有没有必要去爱呢？"手心并没有这样说，我沉醉于即便如此亲密地和你待在一起，依然有一个分身飘在半空中，她与此同时责无旁贷地时刻想念着你，预先想念着即将离我而去的那无数个、每时每刻的你，我那漫漶的"当然要爱了，为什么不爱这么可爱的一个人呢"让人恐惧。本来，我们是相约一起跳悬崖的人，结果，我先行扑倒下去，在空中变成了一朵即将跌碎的巨型的花朵,你惊愕于我跳得如此之快,如此之果断,并在此后的二十余年从未追悔莫及。

　　X,我在自习教室的桌上,用小刀刻着这个字母,那是我最喜欢去的位置,教室紧里头,窗边,最后一排,右侧,就像我们在公交车上的座次一样,我坐在右边,你挨着窗户坐,坐在左边,于是,我用左边的脸颊贴在你的右手上,在这样一个昼夜温差不小的城市。我想象着,假如有一天,我们的骨灰会用这样的排序,你左我右挨在一起,该有多好?窗外是南礼士路,然后是复兴大街,然后是长安街,然后是建国门,我通常在建国门下车,去所里上课,你也下车,从那里换坐地铁。至于我们是从哪里来的,我永远也想不起来了。

　　X,我看到建国门地铁A出口,吞噬了你的背影,那真是无法形容的感受,地铁口卖花、卖烤红薯、卖煮玉米的人能替我挡你一下吗?你将向北行往东直门、雍和宫,经过鼓楼大街站,也许就在鼓楼大街站下车,换乘公交,去德胜门外的祁家豁子。那时候,那里还很荒,你说放眼望去都是空地，我在你离开北京后，很多次，甚至是特地去了那一带，我不知道你的单位在哪个院子里，只是在那附近一通乱走，你走后，我在北京又待了那么多年，多到足以目睹她的变迁，目睹羊肉串从一毛钱涨到三块、五块、十块。目睹你回来之后可能哪儿都认不出来了，当然了，你肯定是不会再回来了。

而时间也没有让我的问题改变了答案，要不要去爱呢？对我来说，这从来都不是一个问题。

2020 年 3 月 25 日

61.

一切皆因木樨地地铁站而起

亲爱的 X 先生:

有一天,我总是能够记得那一天,宿舍的同屋其实已经睡下了,她总是比较早睡,我还没有睡,但是躺在那里,突然一个念头让我从昏沉中醒了过来。我起身,穿上衣服,那是冬天,所以,确定是一件羽绒服穿在最外面,鞋子是去西北旅行的时候,从西宁的军需用品店购买的高帮军靴。我穿戴齐整,没有和同屋说一句话,本来我们的关系也就一般。下楼，出了校门，宿舍单元门到校门仅仅几十米，保安通常也不理会我们这个时候出门是为什么，冬夜，望京中环南路空无一人，我穿过马路，迅速向右折，没多远，就是开往东直门地铁站的401路。

那是1996年冬，401路公交车站所在的位置，现在已经迁移到将台路上的丽都饭店北门门口了。夜里的公交车来得格外慢，我上车之后，找了个位置坐下，金属座椅的冰凉，从屁股，向脚心和脑门上，四面八方地冲将过去，我的手瞬间就凉飕飕的。可是，这又算得了什么呢？

如果从公交车站再往前走一走，那就是我们中秋节的晚上，一起路过的沟渠边，明月照沟渠，那天晚上的情形真的就是这样的，那么圆那么大的月亮挂在四元桥的桥顶上，桥洞里的风嗖嗖的。我们保持着一点儿距离，一起走过那个沟渠，你突然将我用一只手勾起，将我双脚悬在水沟的上方，就那么又走了好长一段路，这是你最喜欢的把戏，路过树坑、水沟或者别的什么，你总是能够用一只手就把我凭空带了过去。我们玩这个游戏，从来都乐此不疲。

我从东直门地铁，进入二号线，而后在建国门换乘东西向的一号线，要坐八站，途经东单、王府井、天安门东、天安门西、西单、复兴门、南礼士路。我的目的地是木樨地，多么好听的名字，也因此，我曾经给自己起过一个笔名，就叫慕西，也因此，我在外教 Frank 的课上，给自己生造了一个英文名 Mooncy，一切皆由木樨地地铁站而起。

从地铁站走到公安大学宿舍，你的家，至少需要二十分钟，那是一段非常漫长的路，我可以确定的只是，地铁是末班车，车厢里的人少得可怜，一号线内，我一直站在车门跟前，扶着从车顶到车底的那根栏杆，看着车门玻璃上映照的年轻到难以理喻的自己。哦，是今天的我，觉得那是个年轻到难以理喻的自己，当年并不觉得。

我敲门，而开门的瞬间，你歪着头跟我笑，并不觉得奇怪，让我进去，你的前妻就在客厅一角的小床上，她已经睡着了。你拉我到你们过去的卧室，是啊，疯狂就像一阵飓风，然而我们闲聊了一会儿，打算靠在床边上，小声说话。你说今天听了一首还不错的歌，于是分给我一半耳机，我们用随身听一起听那首歌，你只喜欢英文歌，尤其喜欢老鹰乐队，有一阵子喜欢U2，于是，我们在深夜一起听了那首也许是老鹰乐队，也许是U2的歌。

次日醒来，你帮我擦干净了军靴上的灰，好像我是一个即将上战场的士兵，那我的枪呢？我最亲爱的。

2020年3月26日

62.

你总是分批分期，

分阶段地告诉我事情的真相

亲爱的 X 先生：

现在回想你离开的过程，真是一段漫长的历史，它是分批、分期、分阶段的。我们从未有过戛然而止的告别，真正意义上的。1997 年，三八节晚上，我们在天安门广场，背对着城楼一侧的华表灯柱下坐着，台子太高，你帮我爬上去，然后你自己腾空而上，你总是那么敏捷，那么灵活，这让我喜欢。

我们坐在那里，很长时间没有说话，然后你突然说：我结婚了。

我看着你，心脏在皮下遭受了重击一般，你和燕平正式办完离婚手续不到一个月，我还没来得及问问你心情如何，然后你就又结婚了？和一个我从未听说过，也不知来路的女人。若干年后，你告诉我，你总是分批分期、分阶段地告诉我事情的真相：那时候，你特别想再拥有一个妻子，而我和燕平太像了，我们是一种人，你喜欢我们这样的女孩，却不能够再来一次。换而言之，你就想在普普通通的人里，找到一个普普通通的妻子，跟她平平淡淡地过一辈子。

二十三岁的我何以理解这种普普通通和平平淡淡，我也是普普通通和平平淡淡的。即便坐在华表之下。我还是不由自主地哭了起来，我觉得从今以后，就要失去你了。你又要变成别人的丈夫，也许还要生孩子，我什么都不是。我们又花了八九年才慢慢适应了这个晚上的告别，又见了无数的面，历经了无数个北京高低起伏的季节。1997

年7月1日,香港回归,这里组织了盛大的群众广场舞联欢,我们研究生院也组建了一只广场舞队,我也在其中,那是我时隔几个月后,重新回到天安门广场。多么奇幻啊,这里突然出现了公共厕所,喧闹的人群背后,是寂静的灌木丛和守卫的穿着制服的士兵。我的社会主义经验完全不够用了。上厕所排队的时候,我依稀能看到那只华表,它正在喧闹的狂欢群众当中,尽力地亮着。那段时间,我极其容易触景生情,居然因此丧失了文学判断力,认为王朔写得最好的小说是《永失我爱》。

即便生活最终证实了我拥有既勇敢又坚韧的体质,也没有哪一次失去更让我感受到了这四个字的分量。永失我爱,关键词是永,还是失,还是我,还是爱?还是不分彼此,没有轻重的呢?英国有个作家叫哈尼夫·库雷西(Hanif Kureishi),他写过一本很薄的小书叫《亲密》,一个男人打算离开他认识了十年,同居了六年,共同生了一个孩子的女人,偷偷收拾好箱子,乘上地铁住到一个朋友借给他的一个逼仄的房间,那是一个紧挨着厨房的地铺,每天早上得把单人床垫收回柜子里去，把散发着霉味的羽绒被塞回箱子，把靠垫放回沙发上去。

我经由你，了解了许许多多的男人，我能够理解他们，因为我终究选择了理解你。就像你说的，你不能够再跟我正经八百地生活十年、二十年，然后像你和燕平一样，在极度的痛苦之中分离。那天晚上，我选择离开天安门广场，在一家小卖部买了一瓶二锅头，你始终就在我身边，你甚至没能度过一个更好的新婚之夜。

2020 年 3 月 27 日

63.

我们一起遍寻斯坦因

亲爱的 X 先生：

当然，我们当年所秉承的价值观，是建立在大家都没钱的基础上，都是穷朋友，略微有一点钱，对你来说，就是要买一辆二手大越野，去野地里疯。你和几位广东的朋友，相约了一个"大轮子计划"，四个人，一人买一个大轮子，然后疯去。我不在这轮子之内，那时候我比你们几个还要穷，但我们互相都没有瞧不起，我的朋友们也都很穷，穷到没地方住的朋友都有的。

今天北京的天气特别好，我从多抓鱼买的几本书，一大早就到了，我到小区南门去取书，快递放了一地的东西，我报了楼号单元门，他大声地喊了我的昵称，这才惊觉很久没有在多抓鱼买书了，竟忘了自己在上面留的名字如此可笑。

在多抓鱼淘来的书，堆满了我现在住了两年多的这个租来的小房子，所有能放书的地方都放满了，但是快递一旦恢复，我又开始买二手书。以前说到过，你喜欢看的书和我的类别不太一样，但是你也介绍给我一些有意思的书，比如探险家斯坦因，我们一起遍寻斯坦因，在各种书店，如果你在哪里发现一本你有而我还没有的斯坦因，就会帮我买一本。这个消瘦的英国人成了你我共同的偶像，我们一起看着他骑在马上、骆驼上，边上都是马夫或牵骆驼的雇工，想象着他的一生，在那么多大漠以及荒无人烟的地方出入。那是你的人生梦想，后来你的工作也多数与荒野有关，你总是说：人太复杂了，还是大自然省心。你把我带到了你的好朋友大自然跟前，然后指着它们，和它们给我看，这两个它们分别是动物和植物，当然了还有第三类它们：山川河流。

这次多抓鱼有一本书你可能会喜欢，叫作《香料传奇》，年前这个二手书店也开始卖二手杂志了，我在上面淘到了一期讲植物园的《博物》杂志过刊，内中一个大开页是国内植物园一览，要是你已经买到了你的四个轮子之一，也许可以按图索骥，去转一圈儿。

有一些自然作家，至少都是你带给我的，比如卢梭，还有梭罗，梭罗后来成了我最喜欢的作家之一，我常常拿出他的书来温故而知新。我对梭罗的喜爱，导致了见到一只不管什么动物，总是要问主人：它有多重？多高？它一顿饭要吃多少分量的东西，它跑起来的速度是多少？它能活多久？它容易生什么病？

我们一起出门的那些时间，就像《好奇心日报》记者外出采访。至今，我还没有改变好奇的习惯，总是抓住任何一个人，问东问西。汪曾祺先生在玉渊潭公园交往了一个养蜂人朋友，我们也常去玉渊潭公园的，尤其是春季，樱花怒放，花下的人潮如织，据说，今年格外冷清。

多买了一本前两天提到过的《乌托邦年代》，直觉你会喜欢这本书的，希望你回来的时候，我可以把这本书给你。当然了，我也突然想到你家老大已经是个二十岁的大姑娘了，她还好吗？真希望她看到这样明媚的春光，也像我们一样，意识到这个世界还是不错的。

2020 年 3 月 28 日

64.

然后我们

一起站在那里欣赏这只鹿角

亲爱的 X 先生：

我最近很少做梦，我已经相当一段时间，或者说好几年不曾梦到过你了，但是你的声音，或者说，你的笑声会偶尔地作为我某个梦留下的最后印记，让我怀疑，那个梦的主角就是你，然而它不愿意让我在醒来后依然记住。关于你的一切，已经如同山中空蒙的烟雨，它弥漫在空气当中，但它不具备具体的形态，或者信息。

有一次，你举着路边园林工人用锯子锯下来的一支巨大的紫玉兰来找我，问我有没有这么大的容器可以放下来它？我那个小宿舍当然是没可能了，你相当于让一只大象进入瓷器铺里来。但是我还是勉为其难地在洗脚盆里装满了水，让它靠着墙，站在那里，然后，我们一起站在那里欣赏这只鹿角。你描述了自己捡到它的经历，好像还是靠跟工人搭讪了几句才得到的，我看到你身上都是泥，裤腿上还有洒水车洒过的水渍。我怀疑你爬过高高的护栏网，或者跟一个子虚乌有的工人聊过天，你不善于撒谎，一撒谎耳朵就会红。可是我们站在那么一大枝紫玉兰跟前多么开心啊，该吃饭的时候，你陪我一起食堂打饭，你已经快要成为我们学校的候补委员了，我跟大家介绍说，你是一个在职博士，偶尔来上课。

食堂里人总是很多，我们常常端着饭盆回宿舍吃，吃圆白菜的那天，你总是把五花肉特地挑出来给我吃，那些年我真是如狼似虎地能吃肉，在那些时刻，你就像是一个父亲，你看我的时候，也总是带着父亲般的神色。在众人面前，你会偶尔地，出其不意地摸摸我的大脑壳。你是男人当中少有的真正温柔的人，当然了，我也是女人当中少有的刚毅，如果我当时能够更柔和一些呢？我们见面的时间，我唯有在你的背影消失的一瞬间，感到有无限的、无名的悲伤从心底袭来，其他时候，总是嘻嘻哈哈的，你可能永远也想不到我有难过到无法站立、无法自拔的那些另外的瞬间吧。

有时候，周末，你不来找我，我什么也不想做，仅有的克制力消磨殆尽，我跑到楼下的电话间给你打电话，打你的 BP 机，你自己可能都已经忘了自己联通 BP 机的号码了，我还记得，没法不记得，那是我的银行密码。

"哎，在单位加班呢。"电话那头你一如既往，"我想想，有什么好玩的事情跟你说。"

然后你在电话里，描述了如何一大早跟着一只巨大的蝴蝶，走了一站地，把蝴蝶翅膀的形状、颜色、飞行的路线，以及你所一厢情愿认为的互动描述给我。我也津津有味地跟进了关于这只大蝴蝶的新闻。然后你说："我去把那个活儿赶完，领导还等着要，等你下午午睡醒了，我再给你说另外一个好玩的事情。"

于是，下午午睡醒来后，我又跑到电话间，去呼你，铃声响起的时候，整个研究生院都在午后的睡眠状态，那声音格外尖锐、刺耳。你在电话那头打了个呵欠说："是这样的，我昨天晚上临睡前看了一本书，太有意思了，现在我已经看了，哦，我看看，八十七页了，要不，我给你读一段儿吧。"

2020 年 3 月 29 日

65.

鸢尾比百合有那种自然的风致

亲爱的 X 先生:

马上就要进入四月份了,我战战兢兢,不敢放纵自己,即便是休息一天,都要让自己继续沉溺在工作的氛围之中。作为一个工作狂,你不在场确实少了很多乐趣,你能轻而易举地让我放下所有该干的活儿、该开的工,跑到外边,有多远跑多远。

好像是你最早跟我说的:北京的二月兰开在三月份,

而东北的，要到四月份才开，我并不相信，直到有一天，我从前租住的大半个院子，被二月兰占领了。有了二月兰，作为这个季节的明确指标，我们就放心地出门了。冬天的时候，你总是穿着短款的羽绒服，户外用的，我也跟着你学，多年来只穿短款的羽绒服，不知不觉成为一个长久的习惯，改也改不过来了。去年双十一，买了一件长的，终究还是退货了，总觉得长款的羽绒服太娘，不能够在寒冷的季节迈开大步走动。这是很遗憾的，你腿上的肌肉非常结实，每一块肌肉都相当分明，每次你穿着短裤的时候，我总是试图去击打你大腿上的肌肉，那些小公鹿一样的结实而又健壮的存在，打起来就跟打铁一样，也是别有乐趣的。

春天来了，我还关在房子里写长篇小说，这个拖磨，似乎也早已经习惯了，我的工作，就是一个拖磨，一天来一点点，还得大气也不敢出，早上醒来看着天花板想着今天该写什么了，到下午一个字儿没兑现，对着键盘，将所有的责任都推卸给指甲有点长。整个春天都在向不可知的山谷陷落，那大写的U形的山谷，我还没能够把今年的春天加一个定语，她已经快要跑路了。本来，这样的天气，这样的时间段，应该坐着公交车，去平谷的山里住一住，当年你喜欢去的野鸭湖也不错，湖边的芦苇，充满了动荡的感觉，那是秋天。春天的野鸭湖空气清新，你曾经一条腿陷到泥地里，拖出来后，我们坐在山坡上，等着你的泥腿子被风吹干，被太阳晒干。这期间，我午睡的时间突然到了，只好躺在你腿上，睡了一觉。总是这样的，跟你待在一起的时候，无论是春天还是秋天，总是格外地漫长，抽丝剥茧一般，你带我辨认了德国鸢尾，所有的鸢尾都弥足珍贵。我也曾经在前院的入口处种过一大丛鸢尾，我偏爱深紫色的鸢尾，但是免不了被卖种球的店家换成了淡紫色的，淡紫色的花芯里有黄色斑点，没有深紫的那么稳重，甚至戏剧化。

虽然都在百合的名目之下，鸢尾比百合有那种自然的风致，当然了，鸢尾也有水生的，就叫作水生鸢尾，据说是四季常青的，也有人喊她们作美国鸢尾，或者路易斯安娜鸢尾。而西伯利亚鸢尾当中有一个花色，很像是蝴蝶的翅膀，格外好看。与此类似的是菖蒲，菖蒲在现在的太平湖公园举目皆是，还有前海。冬天的时候，我喜欢独自去前海一带走一走，莫名地，湖面上会出现一只黑黑的绿颈野鸭。是啊，菖蒲比香蒲好看，香蒲在云南有不少，也是湿地里长的，云南的香蒲要粗壮很多，高高地立在那里，宛若一只只在炉子上烤过的台式香肠。

说到这些，你可能会忍不住飞奔到野外去了吧？那种人工的公园，如果没有一些野趣，还不如不去呢。你一定会很同意我说的这些。

2020 年 3 月 30 日

66.

那些稀奇古怪的朋友，
充斥了我的生活

亲爱的 X 先生：

傍晚六点二十，我还在电脑跟前发呆，今天小说才写了两百字，但我坚信今晚可以写到三百六十个字。囚禁在家的日子真是金碧辉煌，而后，我抬头看了一眼窗外，哦，那两棵巨大的银杏树已经开始发芽，它们发芽的进度超过了我的想象，一只鸟儿，青灰色的，甚至愿意在上面站一小会儿。

写不出来的时候怎么办，我也曾经问过自己很多次，不算很多，也就几百万次吧，世上竟有这样的工种，怀抱着几百万次弃绝而逃的心境，又坚决地坐了回来。我责怪不久前买的复古键盘声音太响，将它放到一边，安静的键盘让我烦恼，它似乎又太安静了，于是，余下的唯有书桌上还没喝完的红葡萄酒可以迁怒了，它太酸，也太涩了。我还有什么可责怪吗？

光线，已经开始渐次昏暗，纱窗上趴着一只不知名的小虫子，当然了，也可以写下它们来充数。

刚才，我的出版人给我微信留言说，我翻译的《在路上》书号已经下来了，4月底可望上市，那个工作大概是2018年8月份开始的，一直到次年的9月收工。但是译后记，昨天《山花》的责编大人告诉我可以用，又看了一眼，是去年11月23日写于杭州满觉陇的，当时这个文章拖了很长时间。杭州深秋的天气瞬间就变凉了，记得第一个礼拜天，院子里还挤满了带孩子来秋游的家长们。第二周，开始一轮又一轮地下雨之后，坐在一楼咖啡馆的屋子里都觉得特别冷,雨后的台阶都没法久站,站一会儿就直哆嗦,看着山景,那些树和竹子,真替它们感到冷。接下来的那周,我只好把电热垫铺在长板凳上,穿上所有的衣服,戴着围巾和帽子。那段时间在把一个短篇改成中篇,实际上已经陆续完工了,但是总觉得不踏实,又多待了两天才离开。

《译后记》里有我引用的凯鲁亚克的一句话:"我做的一切,我写的一切,都基于某种信仰的改变……个人的信仰由他自己决定。"关于《在路上》,或许我可以多聊几次了吧,这也是你非常熟悉的一本书,我们大概也讨论过很多次,要不要像凯鲁亚克一样活着,你的意见是:像他一样活着就像他一样活着,算球。我的意见是:那就像他一样活着吧,又能怎样?我们达成共识之后,也确实私下里实操过,那些稀奇古怪的朋友,充斥了我们的生活,在短短几年之内,更多的,是充斥了我的生活,你只是一个旁观者。经过十几二十年,这些朋友大多渐渐平静了下来,他们改变了自己的生活方式,也许还有价值观,我也不觉得有什么痛心疾首的，朋友并不是越多越好，也不是时时刻刻都应该抱成一团。

那时候，我们到处打听，如何过上所谓的青年公社生活，去哪儿投靠一个组织，结果组织都是不可靠的，唯一可靠的是自己。那么，最后留下来，组成一个公社的，只有我和你了。不知道你看过一个法国电影没有，挺长的，叫作《1968》。还记得一个细节，一群年轻人躺在破旧不堪的农舍里，半夜突然下起了倾盆大雨，屋顶漏了，他们从各种各样的被子和席梦思上蹦起来，都是全裸的男男女女，想到这个场景我就想笑。

2020 年 3 月 31 日

67.

是磨具是修为

是趣味是平易与妩媚

亲爱的 X 先生:

你一直谋划要去钓鱼,芦苇荡子里,圆明园的佛海里,或者是到深不可测的黑龙潭去钓一钓,我们还曾经去逛过渔具店。当年,似乎在东三环的顺峰饭店边上,有一家令人眼花缭乱的渔具店。每当开启一个新坑,我都和你一样兴致勃勃,研究了杆子,琢磨了鱼钩,还有各种饵料、吃食、坐在湖边的一人一只的户外椅子、水桶等等。

这个遗憾，多年之后，终于得到了补偿，我买了一本二手书，叫作《钓客清话》，这本书是我们那个"前首富现榨菜核心客户群"的群友推荐的。这个群其实是读书群，两百多个人机械地每天打卡一本藏书封面，我一眼就相中了这本书。这一定，无疑是讲钓鱼的书了，而且是老外写的，一定钓得很专业，很入港。书很快到了，果不其然。

这本书的前言，想必你会很喜欢的，作者艾萨克·沃尔顿写道："《钓客清话》写的是垂钓，但不是钓鱼人的技术指南，而是垂钓的哲学，垂钓中体现的做人的理想、生活的理想，即简单、忍耐、厚道、知足等。品行的磨砺，好比磨刀子。不能没有依着，它需要磨具。垂钓是品行的磨具之一，而且是不错的磨具，因为垂钓的本身是快乐而有趣的。囚首丧面，克欲苦修，作为磨具是太磨砺了，我们普通人，难免不被它磨卷了刃。若想励志修身，垂钓自是平易而妩媚的入门功夫之一。借助于垂钓，德行变和蔼了，格物变可意了，独处则是有趣味的。"

这段话，每一句肯定都能写到你心里去的。所以，我特地把它们都抄下来，好让你有一天能够读到。钓鱼里边，原来藏着这么多道理，钓鱼本来是一件取鱼性命的事，竟被人当作是修行的方法之一，其实很有意思。很多时候，钓鱼者都是无功而返，好像姜太公坐在水边，等的乃是君王，不是鱼，这个君王，在这本书里，就是磨具，是修为，是趣味，是平易与妩媚。平易与妩媚，竟可以在钓鱼这一件枯燥无味的事情里同框出现，犹如桫椤之于恐龙，南部铁器的风铃之于风铃草。

译者缪哲还批评了中国古人摆钓鱼的姿势，其实是为了凑够中国画上独钓寒江雪的渔人形象，用这种清淡寡味，来表明自己高洁的志向。到底没有西方人沃尔顿（也就是这本书的作者），那般厚道，单纯而又知足。

鱼的道理就在池子里，江河池塘的道理又在鱼肚子，循环往复，人参与其间，假如不肯融入，不肯罢休，要作为一个控制者、摆布者，而不是将钓鱼这件事，当作自我的磨具，可能也钓不出个所以然来吧。这些道理，放在二十年前，我是断然不愿意去听的，为什么要有这么煞有介事的一个动作，在水边定住，钓鱼不能作为生命流逝的好借口吗？不能作为离群索居的好机会吗？为什么非要在所有的水草、芦苇和水生植物身边，做一个超然物外的隐士，这太虚伪，然而，我现在竟也认同，和暗暗契合了这种虚伪。

再版序里，引用了莎士比亚的一句诗，我觉得也值得把它抄下来：

"这就是我们的日子，不受尘扰。"

2020 年 4 月 1 日，愚人节

68.

你透支了

我认识金牛男的好运气

亲爱的 X 先生:

还记得我还在上海的时候,我们偶尔也会通信。我们学校在邯郸路上,我记得很清楚,是邯郸路 220 号,你就是给邯郸路 220 号 9111 信箱写信的人之一。你的信从北京寄到上海,会进入学校外的五角场邮局,然后有人会投放到我们系的信箱里头,邮箱统一放在教工食堂通往学校电台那条路上的投递专用房间,全校的信都在这里取。男生宿舍有一个人负责取信，女生亦然，而后这个负责取信的同学会把各个宿舍的信分门别类，我们中文系非常均齐（据说招生的时候为了肥水不流外人田），24个男生，24个女生，因此，以每个宿舍六个人计，分别有四个宿舍。我们宿舍先是住在楼的阳面，大三大四调换到斜对面的阴面。东区女生宿舍，里边全是女孩，夏天的时候，很多女孩穿得很凉快，去东区自带的食堂上自习，那里有巨大的风扇在头顶旋转。

我们是1994年的暑假，在西藏认识的，因此，从1994年到1996年，我们偶尔会给对方写信的，那时候只要是朋友，大概都会写写信，不足为奇。你让我比较意外的是，有一年我生日，农历竟不是寒假期间，你给我寄了一花篮的鲜花，有那么大，通过邮局，估计花了不少钱，那时候没有快递，这视同包裹。我在回信向你道谢的时候，忍不住提醒你：如果下次还要寄的话，可能要给花的根部包个吸饱了水的海绵。

我没有告诉你，那束花到达邯郸路220东侧的东区女生宿舍时,已经完全可以直接放到垃圾桶了,但是我还是留下了它,直到它变成了干花。我们的朋友们一直在开我和你的玩笑,大家默认了这个组合,在上海的我,和在北京的你,一个人生日,另外一个是可能给对方寄花的。你的生日是青年节,5月4日,信写到第68封,大家才知道,哦,原来X先生是金牛座。你透支了我认识金牛男的好运气,你之后,我再也没有遇到过一个能够略微引起我注意的金牛男了,好像,也许记忆有误。

你在信里总是问我过得好不好,食堂吃得好不好,有没有去哪儿玩。本来我打算闷在图书馆的周末,也因为你的提醒,去了上海附近的某个小镇子——乌镇或者绍兴,只需要坐上夜班火车,坐在那里,第二天总是会到达一个什么地方的。然后,我会兴致勃勃地将我的旅途描述一遍,在下次给你写的信里。宿舍里的女孩们大概都知道你的名字,因为寄出去信,也是要靠某个人投寄到邮箱里的,路边的绿色的那种邮筒,邮差绿。

当然了,我也可以给你打电话,先呼你,照例,学校可以打电话的地方不多，有个用 IC 卡打长途的地方，排队的人总是很多，我呼了你，然后飞奔回东区的门房，那里长年有个胖胖的阿姨值班，我坐在椅子上，你估摸十几分钟后就会打来电话。

"Hi！"你的第一句话总是说，总是很高兴的样子，"怎么样？最近好不好？"

为什么我从未动念，将你的声音录下来，电话里的，生活当中的。为什么即便不录下来，此时此刻，我的脑海中，依然能够准确地捕捉回那个音色、音高，还有语气，你带了一点点的安徽口音。

2020 年 4 月 3 日

69.

我生造了

一个连自己都莫辨真伪的你

亲爱的 X 先生:

你在我笔下已经变得抽象,你从你原有的身体中脱离开来,或者说,你原本的存在我仅仅取了一部分,作为重新塑造你的泥巴和骨架,在这个重造的过程中,我也很容易将那些我认为和你有相似之处的人们,投射到这个新的形体里面。历经多年之后,我生造了一个连自己都莫辨真伪的你,一个虚假的、但我仍然坚持认为是惟妙惟肖的你。核心是，在我那天真的、义无反顾的青春，你的出现就像一尊男性的佛，你引导了我，坚定了我，焐热了我，也成见了我，偏执了我，这不啻是你对于我的重造，在这个过程中，你确实取下了自己的骨头和肉，放在我一些摇摇欲坠的位置，让它得以直立。

你极度地尊重美，尊重那些独立、有自己的思想的、想要以自己的有趣和感性存在的女孩，有时候我们一起谈论起某个共同认识的女孩，你总是用这种语气来跟我描述："她真不错，很有个性，很有想法，跟她聊聊天都会觉得自己变得高兴了。"

我能够领悟到你的好处，当然也理解林黛玉对于贾宝玉式样的情感，那不单是长期相处得来的，而是全部的心肠、玻璃心和价值观的契合。可以说，和你在一起了那么多年，让我在之后的更多年，不再感到迷失，我知道大自然的方向永远是对的，那从里到外的清澈，是最难的，但无论如何都要想办法。我是多么爱你，曾经多么爱你，至今依然，即便从未说过一次"我爱你"。当我问你："你知道那时候我深爱着你吗?"

你说:"不知道。"

于是,我回到自己的页面上,重造一个我可以永远深爱的你,一个越来越抽象,甚至连体态和神情都慢慢发生位移和变化的新的人物。一个文学意义上的人造人,一个完全按照四十六岁的我所能够想起来、认识到的系统,制造的人造人。

在这个过程中,你身上甚至也有了我的骨肉,有我的人格幻影,我也切割了一些我,来完善你,你的好的、明亮的部分里面有我,你的坏的、阴郁的部分也有了我。上一封信说到,我们从1994年开始通信,每次我都把你的名字写得格外地大,我还记得你所在的单位,你可以容忍一个女人字写得很大,人也鲁莽而神经,只因为你能够看到我身上那些你认为还不错的构成吧。

十天前,我在花加定了一束牡丹花,昨天到了,把它们放在大盆里,拿水泡了泡,醒了醒,然后放到花瓶内。今天早起,它们已经在一朵接着一朵地开放了,这不是重瓣的牡丹，跟我过去在院子里种的品种不同，里面有淡黄色的花蕊，香气非常地可人。你一生见得最多的还是野花，未必对这种家花像我一样感兴趣，但是我打算用文字，为你画一幅关于牡丹的素描。过几天，芍药也要来了，芍药和牡丹，像是春的怒放。

恢复 Keep 差不多十天了，二百多天没有 Keep，我都在干什么？无论如何也想不起来了，但是有时候会去健身房，跑步，做做器械，看看其他人令人艳羡的身材。找到一条紧身的磨砂黑牛仔裤，工作的时候穿着，找到了类似于上班的感觉。

2020 年 4 月 4 日，清明节

70.

漫长的半生已经虚耗

亲爱的 X 先生：

谁能想到了，今天你给我打来了电话。昨天夜里，我突然想起多年前，十几年前的一封 E-mail 里，你告诉我你的手机在野外也能收到信号，以我愚钝的文科生脑子，面对那么漫长而又神秘的一串号码，我想当然地以为那是卫星电话，没想到是个普通的电话。于是，睡醒后，我试着打了一下这个电话，里面先是海风呼啸的音效，然后传来了一个男人的声音:"快点啊!"

这让人困惑,因为太多年没有听过你的声音了,我又打了一遍,在一阵海风呼啸过后,一个比刚才略微没有那么陌生的男人喊了一声:"快点啊!"然后是一声哔……我还是无法分辨那个声音是不是你发出的。于是,我又打了一遍,并在哔声后留言:"是我,给我打个电话好不好?"我把你的手机存到了我的手机里,于是,约莫接近中午的时间,你的中午,我的上午,你给我打来了电话,真是莫大的惊喜。我说:"你还活着啊!"

自从2015年年初的一个中午,你给我打过一个电话,我在好朋友白小姐家里,那些天一直住在她家里,我跑到她当时的小画室去接你的电话,你问我:"怎么样?"我说:"挺好的啊!"然后我们就这个怎么样与挺好的,展开聊了很长一段时间。我问你在哪里,你说在盐湖周边工作,一个巨大的盐湖,一眼看不到头,我清楚地记得那是我们最后一次联系。今天我休息,我在家里,听任昨天提到的牡丹花,一边盛开一边枯萎,它可能鼓足勇气打开了所有的花瓣，展示了所有的美，而紧贴着它的那朵，则已经因为支持不了自身的体重而下垂。我观察着这种变化，一边在当当网下单了一套三本的书，日本美学的三种境界：《物哀》《幽玄》和《侘寂》，像是任何花的伴生物。

从那以后，你便杳无音讯，你说你的 E-mail 已经被系统作废了，手机号没有变，也有我的手机号，你每天访问我的微博，看看我在干什么。然而并不曾私信我，就这样过了五年，一千八百二十五天，而已。比起漫长的一生，这又算什么呢？漫长的半生已经虚耗，我该选择长歌还是当哭，还是兼而有之？

值此重逢之日，好似诺亚回到了他的方舟，但我应该跟诺亚说些什么呢？我该不该把那两只羊，还有两只骆驼如何失去它们伴侣的事，告诉给你听呢？不管你是否能够读到这些信、记忆和破碎的记忆，已经把我的破碎重新缝合以及破碎地缝合成一只完整的布偶，在再造你的工程之中，每一天，我都承担着造物主的重托。我不会停止这个工程，因为这个工程相当于是我们生命最完美的延续，一个孩子，两个孩子气的大人造就的一个无论如何都长不大的孩子。

我写过的一首诗，我想要把这首诗放在这封信的最后，希望这首诗能让你的心情略微轻快一些：

> 我想落在随便什么阴影之中
> 我已照耀过阳光
> 暮色将永远无法笼罩我
> 世界低垂、下坠有什么关系
> 你飞扬、璀璨就行了

2020 年 4 月 5 日

71.

不要将亲密当作美必然的环节

亲爱的 X 先生：

昨天，我终于彻底忙完了一件旷日持久的俗事，彻底了结，退了相当一部分微信群（我猜测这是你的知识盲点，野外工作者不需要用微信群维续什么）。然后，夜里十点半一直到今天早上十点半，沉沉地睡去。醒来的时候，弟弟陈博士和弟妹程博士来找母亲大人林妹妹买菜，他们仨拿走了我可怜的一点稿费现金，把我留在家里。我一边努力醒来,一边酝酿着整个下午的新的睡意。这让我想起当年从记者的工作上辞职之后,我在家里那张正红帆布面的硬沙发上,整整躺了一个月的故事。疲惫需要像老蛋彩画修复那样,一层又一层地褪去,每多一层疲惫褪除,下面一层的疲惫就会像被活埋的干尸一样,感受到了头顶一松,新鲜的空气袭来,然后是这一层的疲惫移除。所以,沮丧和颓丧不一样,沮丧的心理属性比较多一些的,颓丧还往往伴随着肉体的疲乏,而颓废呢,则是主动选择了身心两齐全的颓丧和沮丧。

我从当当下单了几本法医相关的书,准备修改这次这个长篇的时候再参考参考,还试图买一本痕迹学相关的书,没有找到合适的版本,还是比较想买老外作者写的,国产教科书贵得离奇,当当都一百多了,回头在多抓鱼再找找。啊,你打电话来的时候,忘了问你最近在读什么书,你还记得有一年,也许是2003年那个夏天,你从巨大的行李箱里挖出来了一只飞去来递给我的事情吗?这只飞去来一直跟着我的每一次搬家,直到它上面的花纹逐渐消退,变成了一只没有颜色附着其上的飞去来。你就像一只飞去来,对我而言,时常离开,也最终回来,一生当有这样的挚爱,值得我去为他写一本书,然后再把这本书,亲自读给他听(恐怕是不可能的)。

真希望我们再度见面的时候(你在 2008 年的一封 E-mail 里说过,我们还要有很多很多的见面和相聚,我也相信,但是,恐怕也是不可能的),我会收起所有不由自主的眼泪,转而跟你一起坐在浩大的异域的星空之下,一起看看宇宙之广袤,想想不可回避的死亡,和爱的意义。这爱不仅仅局限于你我之间,还有更多的,更多的人们和他们之间显现的爱意,他们为了爱付出的一切,切割的一切,为了爱,不惜压抑自己的欲求,抵制人性的黑暗,将自己从地狱或者深渊,重新地捞出来。

我一直想跟你说,当我二十岁,刚刚认识你的时候,我是你的女儿,你是我的父亲,在经历经年累月的分离之后,四十六岁的我,已经变成了二十八岁的你的母亲,我在重新生出你,分娩你,在再造你的过程中,变成了一个不一样的人。我坚信上帝允许这本书是毛边书，也坚信我在这个过程中获得的，比失去的要多。谁不是和自己的所爱，互为兄弟姐妹，父母儿女，夫妻情人与挚友呢？

　　昨天，我出去略微转了一圈，看到了一整排的白色海棠树，那么高，开得那么安静而又充满内在的激情，这让我想起我们的重逢，但是不应该因此而沾沾自喜，不是吗？我将继续和你保持距离，并将这些信件，作为唯一的交流通道。美是不必触及，另外，美是保持尊重，以及，不谈论，不非议，不要将亲密当作美必然的环节。

2020 年 4 月 6 日

72.

白色也从白色当中褪去

亲爱的 X 先生：

新长篇《床下的旅行箱》，正慢慢地走向第十万字，说起来，这是我写过的第三个长篇，上一个是《瓶中人》，里面的外星人男一号，几乎是以你为原型的，当然了比你要稳定一些，他经历了几百上千年的星际旅行，他在这个过程中见识了太多，也失去了太多。以我们现在不满百的人生而言，失去已经成为了某种常识，不失去才怪呢，失去了时间，从以秒以分钟以小时计，到以天以礼拜以月以年计，其次，失去了热情，热情包括了好奇心和激情。我们如何面对这些失去，而依然保持了热情，这是人生的巨大的课题，也是重要的、思辨的、深邃的课题。

过去的这段时间，我失去了很多，失去了亲人——小姨、大姨丈和厦门爷爷。失去了一些我曾以为会相伴终生的友情，每一次，都会让我沮丧相当一段时间，不过他们都还活着，只是我们不再有必要的联系了。失去了四十五岁，这个好像无足轻重了，相比之下。失去了不会游泳的能力，这似乎是一种炫耀，是的，我学会游泳了，还打算去家附近的一个游泳馆办个卡，如果我暂时还不搬离这个区域的话。失去了站立在金宝街和朝阳门内大街的机会，因为金宝街和朝阳门内大街并没有交叉路口。真真假假的失去，让我们时刻品尝着怅惘和失落。与其沉溺于这些或长或短的情绪，不如去读一本让你获得的书，或者看一部电影。

今年的北京国际电影周要延期举行，香港金像奖也取消了颁奖仪式，威尼斯双年展则从5月23日推迟到8月29日，然后跟往年一样，还是在11月29日结束。我当然不会在这么短的时间内再去一次意大利了，今年的大意是：所有的人都待在家里，便大吉大利，我打算搬砖为善。

今天开始，恢复了早起，争取不再晚睡。刚才出去取快递的时候，看到楼下的那两棵稠李开花了，也是怒放的状态，稠李是经得起细看的一种花树，其实是蔷薇科，所有的蔷薇科，都拥有一种让人放松的品德。过去我种过一种白色的小蔷薇，很小，花期开始后，总是剪不完，一时间，家里到处都是它，无论怎么插、插在哪里都好看，依我看，白色的蔷薇（它不是纯白，而是近乎象牙白或者本白）要比常见的粉色蔷薇要更像蔷薇一些。樱花也列在蔷薇科的底下，如果能把樱花辨识清楚，整个春天其实就有了百分之八十的保障，据说樱花有三百多种，野生的都要有一百五十种。我喜欢樱花盛开期的热烈，那是真正的、发自内心的热烈，一种想要将所有的内在，全然地、毫无保留地释放的热烈。但是当你认真去看的时候，又会清楚明白地体会到它的脆弱和易碎，最常见的品种，名字也很好听，叫作染井吉野樱，据说是樱花前线预测的指标，她们从3月下旬开花，自日本的南部往北盛开，想象一下吧，在天上看这个过程，南方凋谢的时候，北方开始含苞欲放。从粉红到白色，到凋谢时，白色也从白色当中褪去，变成了一种失去神采和灵魂的白色，这凋零的美，构成了一种新的失去，哀叹也不足以延迟。幸好，我们早已适应，不是吗？

2020年4月7日

73.

我的巡视，你的沉默

亲爱的 X 先生：

昨晚喝了三杯还是四杯威士忌，居然获得了失眠的效果，在失眠的状态中反省自己，也算是对得起漫漫长夜，我关闭了微信朋友圈，这样就既不用发，也不用看，生活可以重新回到信息极其完整的状态，可以看看书。长篇还有最后两万五千字，我打算将今天收到的三本法医书好好读完，再继续写。最近突然迷上了法语歌，跟着各种陌生的歌手学咳痰音，有一首歌叫作：Mes mots tes lèvres douces，意思是"我的言语，你柔软的嘴唇。"

这本身就是一首诗。

Mes rondes tes silences/ 我的巡视，你的沉默；Mes flammes tes sirènes/ 我的火焰，你的警报；Mes punitions tes peines/ 我的惩罚，你的悲伤。看起来单词跟英语颇多关联，但我依然没能学会咳痰音，可惜了。

午睡醒来，大概四点钟，我突然不可遏制地想你，思念一个人是不是能有可以量化的准则？心理学如何界定这是健康正常的，而非痴心妄想？等着挨刀吗？还是可以原谅的？在过去，那些深夜的交谈中，我们因为此时此刻，同处于一个空间，并不觉这是一个问题。睡觉的时候，我习惯握住你的手，并在睡梦中丝毫不肯松开，这似乎来源于潜意识对于分离的恐惧，你当然不会在半夜脱身而逃，我也不用在梦中对你紧追不舍。因为你工作的关系，这些年梦到你的同时，总是伴随着各种荒凉的旷野，以及一望无际的大漠。有一次，你来跟我说，又要远行了，你需要开一辆破旧的越野车,那辆车在路边已经停了一个月了,不知道还能不能发动。你担心机油漏光了,又担心沙子侵入了发动机,你在梦中担忧的事,我都听不太懂。

本来在说思念这个美好的话题,但我可能马上要继续去读那本充斥了尸体和骸骨的法医书了,要是你正在吃饭,我就想给你读一段:"玛丽斜视,但她的眼睛从她的尸体上被移除了;玛丽胳膊上有一个胎记,相关的那片皮肤也被切割掉了;阑尾切除术的手术疤痕,以及玛丽拇指根的一处伤疤,也都被割掉了。伊莎贝拉的龅牙被敲掉,大鼻子被割掉。然后,通过新发明的法医鉴定技术,专家将一张照片叠加在她的头骨影像上,发现两者颇为契合。"

你一定没有想到,今时今日的我,变成了这么一个重口味的家伙,每天就着类似于《天生杀人狂》的纪录片下饭,我和你关于美剧的最后印象似乎是《X档案》,这也是你被我称为X先生的缘起,之后,我们没有交流过《识骨寻踪》,也没有在一起谬赞《犯罪心理》里的Reid博士。我惊诧地发现,距离我们最后一次见面的2003年夏天,十七年已经过去了。十七年间，2010 年，我开始写一些有推理元素的小说，在变态和凶残的路上一步步走远。我变成了熟知很多变态连环杀手的那种女流之辈，我为自己感到抱歉。当一个少女决定不再用在睡梦中握紧对方的手作为留住对方的唯一方式，她也就变成了一个大人。

而我坚信，Mes mots tes lèvres douces/ 我的言语，你柔软的嘴唇；Mes hanches et tes caresses/我的臀部，你的爱抚；Mes cris tes maladresses/我的哭泣，你的愚蠢。

2020 年 4 月 8 日

74.

我有个特别吸引小孩子的体质

亲爱的 X 先生：

今天北京略微有一点阴，母亲大人早起天气预报说：要下雨，七度，我赶紧穿上她给我做的珊瑚绒马甲、长裤和袜子，才坐到了电脑跟前。母亲大人现在致力于研究缝纫裁衣的技术，前两天给自己做了一条弹力绒的裤子，这两天正在给两岁多的小侄女做一条小裤子，每天在家族群，追着表弟媳妇问：腰到裆多长，小腿围呢？我感觉他们已经掌握了小侄女的大数据库。她很可爱啊，上次表弟媳妇要去医院看病，把她放在我们家一个下午，可以说，我们相处融洽，她跑来跑去，一会儿上床一会儿下地，一会儿要跳舞一会儿要吃东西，我们都尽量满足。她走之后，我整整昏睡了两天，浑身酸疼，外加找不到很多东西，为了防止她拿去玩而藏起来的小物件，两三个月之内在屋子里各个角落陆续出现。

我可能跟你说过，也许没有，我有个特别吸引小孩子的体质。诸如，下楼取快递，一个刚学会走路没多久的小宝宝，会立定看我，眼睛里流露出那种"是你啊！"的惊喜，那些妈妈们说，这是因为小孩子总是在找跟自己频道相近的人。而这个小宝宝，在我走出很远后，回头看，她也在回头看我，远远的，一个小人儿，为了某个陌生的大人回头看，这是一天的奖赏。

还有一次，我替母亲大人去家边上的生活超市买菜，一个小姑娘，大概五六岁，正在她妈妈陪伴下玩滑板车，她也是不停地回头看我，以至于滑板车都滑翻了。不管到什么有小孩的地方,他们总是会从各种地方出现,向着我这座小型猴山攀爬,可能我总是很能逗他们开心吧,有时候他们一边气得跺脚,一边锲而不舍地贴过来。仰头看着我,用他们全部的天真和信任。

少女们也喜欢我,到多年的闺密家做客,她家的女孩子很快把我当成了最值得信任的大小孩,她拉着我到一边谈心。我们一起爬山的时候,她问了我很多,深刻的、本质的问题,近乎于:我们活着为了什么?我也近乎用一种跟大人交流的方式告诉她,啊,人生美如斯,未来有很多好玩的事情等着你,还有无法想象的广阔的世界,日本的初春如何如何好玩,在瑞士乡间散步如何如何有意思,如果有一天再去美国,我想去旧金山,为什么要去旧金山,垮掉的一代如何如何,城市之光书店如何如何。

我的微信里面有一个少男少女方阵,都是朋友们、学生们的青春期的孩子们加的我,在各种偶遇与不期然当中。据说,这是一种教母人格,是一种巧妙地避开把屎把尿的环节,而直接获取年轻人的心的投机取巧的方式。关于孩子，我们能知道多少呢？与其努力去了解他们，不如自己先做个小孩。做个小孩，可能是做大人的诸多方式里面，最轻巧，最简单的了。可是大人总觉得做大人应该有别的礼仪和模式，要做出那个架势来做大人，最后大人没做好，离小孩越来越远了，这是无法弥补的损失，可能是终身的，谁知道呢？

希望你今天天不阴，心情愉快。

2020 年 4 月 9 日

75.

从那一刻起，我是自愿为奴的

亲爱的 X 先生：

这两天，我在搬砖之余，致力于读一本书《厌女：日本的女性嫌恶》，你说我一个女的，怎么会致力于读这种书？这本书的作者也是个女人，叫上野千鹤子，听起来祖上住在一片田野之上，犹若云端之鹤。里面有一段真是有趣："那么，男人的价值是由什么决定的呢？是在男人世界里的霸权争斗中决定的。对男人的最高评价，是来自同性男人的喝彩吧。就像在古装武打片中可以看到的场面：两位高人交手，打得难分难解之际，对方逼近过来，在耳边低语，'你这家伙还真行'。那种悸动的快感，是女人的赞美没法比的。"

从爱的原则出发，本来是不应该有男权和女权的区别的，然而，权力出现在它实际存在的任何地方，所谓权力就是"我比你势头大，我能够支配你，你需要服从我"的代名词。大概，人与人之间，只要有权力的色差，都可以自然地分成主与奴这两派，他们是面对面的，后者需要仰望前者，从形体上看起来要小只一些，也许只是精神上的形体，肉体上人高马大、身强体壮的奴，其实是不少见的。主人，是自然选择的结果，奴，也是自然选择的结果，我们所反对的，大概是强迫对方为奴的举动吧。主人有天生的优越感，在他眼中，他人即奴，这是不对的。

这本书因为是女学者写的，女人看着略微会舒适一些，她说："所谓性的双重标准，是指面向男人的性道德与面向女人的性道德不一样。比如，男人的好色被肯定，而女人则以对性的无知纯洁为善。近代一夫一妻制表面上称颂'相互对等的贞操',但实际上从一开始就把男人'犯规'编入制度之中了,所以,另外需要充当男人'犯规'对象的女人。"

从具体的人来说,每个人都独一份的,没有所谓的绝对的好或者坏,从一群人来说,人群中肯定有让人如沐春风或者产生嫌恶的。我常常会想起当年在格尔木的长途汽车站,你从远处走过来,穿着深绿色的多兜马甲,修长的本色牛仔裤,还有那双高帮军靴,你戴着鸭舌帽,黑的,似乎不带字母或者图案。你脸上带着让我如沐春风的笑意,那种笑容不是针对任何人、任何事,是你自然而然产生的想要在那样的天气里、那样的环境里,浮现出那样笑容的本能。于是我从人群当中挑选了你,你的面容,肯定是你全部的内在的外显,你的脸是你灵魂的显示器,显现了整个世界的良善与美好。于是我想要亲近你,而你上了车,将自己背着的巨大双肩包放下后,你的铺位恰恰就在我的左前方。摇摇晃晃的车厢里,我在看书,你也在,夜幕降临后，我们都放下了书，各自睡了一觉，期间你吃了点什么，我也吃了点什么。我下了铺位在地上走了两趟，路过你的时候，看到了你的身体的一些部分，手，手腕，脖子，下颌骨，一侧的脸和耳朵。也许，那一刻起，我是自愿为奴的，所谓的爱的奴隶吗？二十六年来，时间的混响依然存在，而我打算跟你打个招呼。

2020 年 4 月 10 日

76.

今天我感到略微有些疲惫，
可能是昨晚没睡好

亲爱的 X 先生：

这封信是去年年初写的，没有放到系列里，今天找出来，算作是追述，拾遗补阙：

去健身房赶夜场的结果是回来要洗澡，然后上床，在床上等不及头发干就睡着了。次日起床，头上像顶着1945年的广岛上空，只好打定主意今天不出门，但我不担心去买菜，买菜本来就应该以包租婆的样子走来走去，说不定可以讲下来一些价。

　　我在多抓鱼买了几本《素描的艺术》，一套大师素描丛书，除了弗洛伊德，还特别喜欢门采尔，真是爱不释手，每天要翻一遍，据说他一生之中画过七千多幅素描，而早年却因为天分不足被柏林美院劝退。我以这样的心情八卦了门采尔，又开始看荷尔拜因，他那种特别明确的风格真是太吸引人了，荷尔拜因、凡戴克都是值得终身学习的画家，当然了，还有乔托、巴尔蒂斯、哈默修伊，以及想象力奇诡出奇的博斯……

　　总的来说，我最喜欢尼德兰画派。

　　去他的海明威，哈哈。

　　对被画对象的恐惧构成了我最近的注意力核心，不过肱二头肌自卑症也从未真的离我远去，健身房给人一种只要你持续不断地努力总会有所成效的幻觉，昨晚我可以比较轻松地做摸膝那个动作，腰肌劳损导致了腹肌无力……腰肌到底是劳损还是懒惰，我一直也搞不清楚，也许是腰肌想要放假，你一直不给，所以他忍不住造反了，而已。

身体的存在是一件多么具体的事情,要定时投喂,要适时睡觉,看到不合理的状况他会"挺身而出",是正义驱使的吗?还是好管闲事?

我反思了一下,前面那些信一点儿也不像情书,倒像是博客。不知道从什么时候起,上天关闭了我表达情感的功能,我多么想像王小波那样大声疾呼:"今天我感到非常烦闷/我想念你/我想起夜幕降临的时候/和你踏着星光走去/想起了灯光照着树叶的时候/踏着婆娑的灯影走去/想起了欲语又塞的时候/和你在一起/你是我的战友/因此我想念你/当我跨过沉沦的一切/向着永恒开战的时候/你是我的军旗。"

他有那种明确、特别明确的写情书的风格。这种明确应该是从里边出来的,自从我立定做个修女的想法之后,感觉心态都不对了,抱着一种奇怪的心思:如何什么也不做、什么也不做,那么爱这个东西就有永恒的希望,因为做了之后,她就会进入浩浩荡荡的黑暗之中,不可避免地、违逆心意地成为一个消耗品。

当然，想念一个人是非常具体的，我的不做，无非就是不说。

今天我感到略微有些疲惫/可能是昨晚没睡好/我想念你/我想起我们一起走过的暮色中像是弹弓的巨大法国梧桐的步道/我想起很多次我都很想说/五分钟的男朋友哪里够/但时间之箭将我们推入了莫名其妙的地方/我闻到了你所有的寂静当中的神秘的声音/所以我也可以说/我想念你/当我略感迷失且左右顾盼的时候/你是我的……梁山。

嗯，满意！希望你读了这封信感到愉快并度过一个美妙的夜晚。

2020 年 4 月 12 日

77.

如果没有三元西桥，

就不需要有三元桥了

亲爱的 X 先生：

每一年，都是春天开始的时候给你写信，而后临近初夏的时候，暂时停止，等到来年，来年如果有继续写的动机，就会接着写。他们问我，这些信什么时候出版，我说，2023 年？听起来很有张力，一个奇数年，等到这本书出版了，我就要把它放在书架上，继续我的其他的生活和工作了。如果你的存在，对于那之后的我，依然有很多新鲜的意义，我可能还会写第二本，甚至第三本。

实际上，人与人之间哪有那么多辜负，我和你，确实真诚地对待过对方。今天我想起了有一年，我突然牙疼（小时候太喜欢含着糖睡觉了），疼得不可开交，那是一个严冬，特别冷，你在电话里跟我说，明天一早去帮我挂号，让我等你消息。岂知，一大早居然是早上四五点钟，你不知道是步行还是坐最早的公交车去医院挂号，然后等到八点跟我联系，让我出门，九点半我也到了医院，记得那天拔了一颗智齿，那是我拔的第一颗智齿。你在牙医门诊的走廊上等我，我咬着一嘴的棉花出来的时候，你正坐在那里害羞地跟我笑，好像没见过我的脸那么肿过？也许。

爱是什么，我不知道，那些年，我们从未讨论过这个抽象的话题，我们将彼此放在一个具体的生活场景里，吃一顿饭，从这里到那里，去看一次病，买菜，逛一次商场，你将换了工作之后单位给的第一个月的工资，一叠钱，分了一半给我，塞在我的双肩包里。爱是什么，我不知道，我们都不知道。即便在某一个时刻，突然对爱有了一点点触碰，我依然不认为这是爱的正确版本，爱是多么弥漫，迷失，狂躁，放任，克制，悔恨，开阔，诱人，而又伤心欲绝的一种……模型啊。

在我心中，你从里到外，没有一丝一毫的杂质，你也确实做到了，几十年如一日，体重不变，你脸上永远只有一种表情，你看书的时候喜欢皱着眉，这把我教坏了，我那些年总喜欢皱着眉。你特别会剥糖炒栗子，剥得又快又好，连带里面的膜都能剥开。你读书很快，很专注，然后跟我说，读完了什么也没记住，就是记得是这么老厚一本书。我什么都乐意跟你说，毫无遮掩，一见到你我就变成了一个话痨，一个碎嘴婆婆，我黏着你，紧跟着你，将源源不绝的我生活中的鸡零狗碎，汇报给你听。讲我认识的每个人，讲我昨天吃了什么，前天吃了什么，你好像从来没有不耐烦。爱是什么，谁能知道呢？能不嫌你碍事的人，就是爱。

北京的春天已经深入了暮春，到处都是绿绿的，那些树也正卷土重来着它们的辉煌，我等着再去一次地坛公园，就把地坛的地图在纸上画出来。今天把从东直门地铁到太阳宫那一路，写到了小说里头，突然想起了你对三元桥的一句评价：如果没有三元西桥，就不需要有三元桥了。

听起来莫名其妙，但不知道为什么，我就是记住了，可能我们一起经过太多次三元桥，从那个拐弯，要去燕莎的路口，一直很大，很乱，从马路的这头，打着斜角到那头，感觉一个世纪都要过去了。而以时间的相对论而言，此刻，我还活在你的身边。

2020 年 4 月 24 日

78.

我特别偏爱马甲这种衣服

亲爱的 X 先生：

工作时，我找到了一种特别好的背景音音频，雨声雷声，一个小时的白噪音，然后再循环一个小时，如此洗脑循环，听了几天，我感觉北京天天下雨，度过了一个雨季。我们人啊，本该生活在岩洞里，就着外面的雨声睡大觉。在雨声的陪伴下，你的神经很快得到了舒缓，我感觉这也适合写小说，下雨了，哪儿也去不了了，老老实实地坐在家里日更吧。总会有雨水，落在树干上、树叶子上，和那些路上的、会被打湿的，即便是声音而已，你也会在脑海中构建出雨水将地面上的一切渐次打湿的场景。在一切的湿漉漉中，那些由浅绿变成深绿、墨绿，由微不足道、谨小慎微的绿，变成了心有余裕，续而心有余悸的绿。

为什么大自然给绿那么多戏份呢？它有什么好？我想不清楚，可能你会比我清楚。你毕竟是……哦，我终于搞清楚你是做什么工作的了，你是一个地质学家。你原先是学地震学的，跟我父亲是校友。于是，我认真地百度了一下地质学，亚里士多德说：海陆变迁是按照一定的规律在一定的时期发生的。我想起了，那次我们去天坛玩儿，躺在皇帝祭天的那块大石台子上看天，那天你送给了我一个小礼物，是淡紫色的石英石晶洞，我戴了很多很多年，后来你送了我一只澳珀，蓝色的，我也戴了很多年。不管下雨还是天晴，戴上它或者它，心情总还是很宁静的。不过，我后悔没有跟你要来刚认识你那天，你穿的多兜马甲，浅军绿色的，我应该留着它，经常穿一穿的。

也正因此，我特别偏爱马甲这种衣服，还有高帮军靴，我记得所有初次见面的时候穿高帮军靴的人们。人真是一种选择性记忆的动物，过滤掉了ABCDE，留下了不起眼的J和M。说到马甲，马甲多好啊，可以让两只胳膊解放出来，可以在林间摘果子，举手投足毫不费劲，还可以把摘下来的果子放在各种兜里，分门别类。你特别珍惜的坚果，栗子、榛子什么的，就放在内在的兜里，心脏上方，容易压碎的浆果，不管是红莓还是黑莓，就放在鼓鼓的侧兜里，确保它们平安无事。

当然了，以上都属于歪理邪说，奇谈怪论，大可不必放在心上。

所以，此刻，我正在听瀑布从岩石上流下的白噪音，水碰撞了石头，然后因循着地心引力，依次下坠，最后落在底下的一潭深不可测的水上，水汇入了水，丝毫不必费力，不像岩石渗入了水，或者水试图从岩层当中冲出一条河来。水和水，天生就是一对儿，它们应该在一起。我还没有认真描摹过水，我也没有认真体验过水存在的特质，很少在水里待着，想象过，分析过，代入过，但是终究没有实操过，演练过，现形过。

这就好像余生我对于你的态度，是因为无法企及而热烈，还是无法热烈而疏淡呢？两个人是无法像水溶入水的，生理结构不允许，物质形态的界面不友好，还有，无论多么稳定的心，都会有所偏移，就像地球的磁场和指南针的关系。

今天，因为"下雨"了，我的磁场稳定，指南针指向了你所在的方向。

2020 年 4 月 25 日

79.

我们去色拉寺的那天
你还记得吗?

亲爱的 X 先生:

我在从拉萨贡嘎机场飞回北京的飞机上。过去这近一个月,我待在西藏,算是出差,不过,我的行程你大概也都清楚,因为看到你几次来朋友圈点赞,还评论过:西藏一如既往。她真的是一如既往吗?至少拉萨不是,我们当年一起见识过的拉萨,街上的人并不多,车也不多,当然了,树也没有现在多,一切都在明晃晃的阳光之下,被一览无遗。我们去哲蚌寺那天你还记得吗？一大群人一起去，都是沿途认识的朋友们，我们去色拉寺那天你还记得吗？还有大昭寺，也许其中有时，你并不在这个队列里，我已经记不清了。但是大早上坐着拖拉机，穿过村子去看天葬那天，你确乎去了，因为你的相机被没收了，我们在田野上奔跑，后面有一辆北京吉普，吉普车上有几位藏族大汉，他们下来后，用刀背击打了我们其中一位伙伴，他倒是一点儿伤都没有受，只是吓吓我们罢了。

你还记得谁和谁结伴吗？我不知道你和谁结伴，我是和两个男孩一起潜伏在半山腰上的，瘦一点的那个男孩把自己的傻瓜相机放在草丛里，我应该也有相机，但是那天没带，逃过了一劫。

我多么想在街上认出我们当年吃过饭的某个小馆子，或者一起在街边站过的马路牙子。我的耳边还能听到你的笑声，你跟男孩们热议某个话题的声音，二十六年来，你用这种方式重现，记忆中的声音，破碎而又明晃晃的影像。它们在这座高原之城聚合在一起，格外真切，可能我已经无数次穿行过这样的声音和影像的聚合体，一种幻觉的物理性存在，也可能我穿行而过的过程中，体内已经嵌入了玻璃碴一样的这个聚合体的碎片，我带走了几微米的二十六年前的你的碎片，依旧感受着那个时间特有的真实与率真。

啊，那时候你才二十八岁，还是一个特别年轻的年轻人，干净极了，透明极了。去萨普冰川那天，我因为有半个小时没戴墨镜，在冰川跟前兴奋地跑来跑去，得了轻度的雪盲症，到傍晚的时候就眼泪狂流，两只眼睛像小型喷泉一样的。所以你还记得纳木错吗？雍布拉康呢？甘孜呢？晒佛节那天你在山下还是山上，你跟着我们那个队列上了山上的庙又下来了吗？我记得有一天你在某个地方突然喊我，你模仿着我的步态跟着我走了好多步，然后我们大笑，那是在哪条街上？那时我们大家要去做什么？是吃饭吗？吃了什么？我记得很多没有煮熟的面条和夹生的饭，它们好像还残存在我的口腔里。我在任何冰川或者雪山跟前都会想起你跟我说过的："看，那就是玉珠峰。"

也因此，在我逐渐褪色而又模糊、稀薄的记忆当中，玉珠峰是世间最美的雪山，美的程度超过了需要，必要，没有任何句子能够颠覆她的美。

"看，那就是玉珠峰。"这似乎是你跟我说的第一句话。

2020年8月9日

80.

我并不指望

自己能够恒久或者璀璨

亲爱的 X 先生:

月亮节好啊,南半球的月亮也圆了吗?每一年的月亮节我们都在尽力转嫁"月饼危机",北京仅有的三户亲戚家,这家的月饼给那家,那家必然要回赠给这家,顺道还要多给一份给另外一家,所以,吃到嘴里的月饼,目前为止只有四分之一只,是广东的朋友寄来的,传统的广式,吃不出什么滋味,只觉得嘴巴里厚厚的一层甜,像是小时候梦寐以求的东西。

月饼节，收到了西藏的朋友发来的高原的月亮，我并没有转发给你，觉得你或许对斯坦因及其构建的西部世界，已经失去兴趣了吧。你在南半球待着挺好的，我偶尔去一下西部冒个泡也挺好的，他们兴许都是我们生活中多余的、闲情逸致的部分。生活的真实样貌，是从西部出差回来之后，我需要码的字，要对付的肩周炎和腰肌劳损，要涂抹在腰背上的那些中药秘方。

以你的聪明，当然不会拿我今时今日的梦话当回事，连我自己都不想当回事，前两天收到出版社寄来的一本书《我不可能只是仰望着你》，这是海明威的妻子之一写的，她叫保拉·麦克莱恩，她的父亲说过："女人分两种，至少现在来说，呵，现在你是另外一种。"

这里说的另外一种，大概就是不好管理的、不驯服的、执拗的那一种吧。这个世上，男人该怎么做，全体已经都驾轻就熟了，但女人怎么做，分几种，在最初还都是男人来定义的，之后呢？之后，女人到底要分几种，有没有一种，是永不过时的，恒久的，灿烂的，像你的名字一般。

我当然不指望自己能够恒久或者璀璨，事实上，所有的"我"都必然成为过去式，被时间所吞噬，你能够迎来的，必然是下一个"我"，一个相对崭新的，尚未厌倦的，但必然还在犹犹豫豫的"我"。"我"以这样的方式，每天脱了一层壳子，每天在巨大的屏幕面前打量自己脸上的毛细血管和毛孔，"我"天然地反对我，反对的不单是昨日之我，且反对今日之我，此时此刻之我，我的张力来自于对"我"的仇恨、厌倦和恶心，这是积习难改的人固有的毛病。如果意识消失了，这个"我"从肉体上灭绝了，死亡了，那么它所深感烦恼的一切都会随风而逝，然而，新的烦恼将以新的形态移植到另外一个我身上。

不得不说，我喜欢这样评判我、论断我，相对而言，对于你，我就要宽容得多，就像月亮，那是一个它者，在另外一个时空存在，带着无法琢磨的光芒和内在，你知道月亮分几层吗？即便你知道月亮的内部结构，你能用什么方法驱使她落下呢？如果她已经落下，你又能用什么方法驱使她再度上升呢？我们能够控制什么？除了屈从于自然规律。

亲爱的 X 先生，到了多年之后的今天，我想，我所沉溺的，都是不那么重要的，就连给你写信，本质上也并不重要，保持联系？我们还需要保持什么联系吗？我们最好彼此无感，无知，陷入永远的混沌与暧昧不明之中。

2020 年 10 月 3 日

81.

整个世界都巴别塔化了

亲爱的 X 先生：

如你所知，北京入冬后不久，大概是十一月初，我便带着老母亲来云南过冬了。从这里，要到你所在的地方，可能距离上要减少一小半吧？我没有概念，因为疫情的影响，这一年，整个世界谁也到不了谁那儿，整个世界都巴别塔化了。我也没有你的什么音讯，此前，偶尔你会来我的朋友圈发个评论，但是最近我也懒得发什么朋友圈了，觉得仅有的一点儿生命能量，能支撑我起床，上午在工作桌跟前坐一会儿，下午在床上坐着看会儿书，就已经消耗得差不多了，过去，像甘蔗节那样络绎不绝的旺盛的精力正在逐渐消逝。

十年前，一位老朋友对我说：你正站在人生的山顶，然后就该慢慢走下山了，心高气傲的我并不相信，觉得比我大个十几岁的他在说癫话，我从来也不相信，等我确信这是对的时候，他已经年过六旬，而我已然接近了五十岁。

五十岁如风中之烛，好蜡烛依然在燃烧，不好的，也许已经黯淡无存，我们如何破解做一根好蜡烛的秘方？人的后半生动力到底从何而来？在与日俱衰损的身体之内，那根蜡烛的烛芯又在哪里呢？当巨石开始滚落下山，我们是否也能够从自身当中寻找到巨人兼大力士西西弗斯？我们这自然而来的颓然、沮丧和低落，是必然的吗？是从单个细胞，从细胞壁、细胞膜就开始萎缩，而带来的吗？

好在，最近我读了一些好书，床边的小条凳上放着

《失落的大陆》，以色列诗人拿单·扎赫的诗集，厕所的一摞书紧上头搁着《威廉·卡洛斯·威廉斯诗选》，案头，因为在学毛笔字，铺了好大一张灰色的毛毡垫儿，上面放了《约翰·但恩诗集》。这构成了我最近生活的三点一线，有时候在屋里东转西转瞎忙，突然脑海中像被不知道什么风暴卷起，只好匆匆忙忙地去找这三点当中的一点，翻开一页，读上几句。

每天傍晚，潮热让我浑身上下像只煮得半熟的小龙虾一般，脸和耳朵都呈现了喝醉了酒的那种不自然的红，每每被母亲大人笑话。她是个妇科医生，她当然知道这种叫作更年期综合征的毛病，是死不了人的。红，都是不自然的，天空的红，水中的红，爱情片里的红嘴唇儿，昔日我对于你的热烈的情感，都是不自然的。

自然而然的事情，它发生得无知无觉，近乎湮没无闻。被修葺过的围墙是不自然的，自然的是颓败，荒草丛生。欧阳修与诸君去醉翁亭痛饮是不自然的，自然的是他在雪后的窗下写下《醉翁亭记》。身处其中是不自然的，自然的是远离时间的核心区，在偏远的地方回忆它、臆想它，编造关于它的全套谎言，黄黄的牙齿上必须有牙菌斑、牙垢，这是自然的，美人们动人的皓齿，那是不够自然的，因为你没有走得足够近，足够放大。

多年来我们对于"洞悉真相"的执念，也使得我们逐渐远离了一种美，这种美，允许不自然和自然平等地存在。亲爱的，当然了，我对你这样的称呼，再自然也没有了。当然，这也可能是称呼另外一个人，一个更为具体、当下的人。

2020 年 12 月 15 日

82.

里尔克是个恋爱狂人

亲爱的 X 先生：

下午之后，思茅的阳光没有那么刺眼了，一两点钟的时候，感觉整个屋子都像浸泡在一颗发光球当中。我吃完饭在客厅散步，来回走五到六遍，客厅空荡荡的，仅仅在一角上放了一只并不是太占地方的按摩椅，母亲大人偶尔会坐在上面，调整到近乎平躺着看手机，我午睡入睡困难的话，也会去按摩一会儿，机器停止运行之际，便已经睡着了。醒来发现，山茶花有了更多的花苞，我得每天提醒自己，山茶花是周几送来的，它一个礼拜浇一次水，浇透，而我案头的玫瑰海棠又是礼拜几买的，它似乎是两周浇一次水，它喜欢干燥一些。多年前养过一棵秋海棠，后来长得格外繁茂，可能最终就是被我浇水浇死的，真是可惜。

里尔克是个恋爱狂人，他一生的女友数不胜数，个个都姿容独具。他的一本大厚本的传记，最近整理书架又被我拿到方便翻的地方，却没有勇气读完。里尔克，射手座，所以女朋友特别多，是这样的吗？有人跟我说他压根也不相信占星学，说真的，我也不是全然相信，只是为了个谈资吧。尽管他的那首《秋日》因为被过分传播，导致我一翻到类似于"《秋日》译本对照"页面就会急急匆匆地关闭，听到那些播音腔的女主播饱含热情的朗诵也要赶紧捂起耳朵，但里尔克是当之无愧的"诗人当中的王者"，值得为读他学会德语。

余生，除了英语之外，我怕是什么外语也学不会了吧，没有这种天赋，就连英语本身都没学明白，但是今天居然在当当下单买了自己翻译的一摞《在路上》——满一百减五十的魅力。修改长篇的日子，简直就像是腊月里，赤足在寒冰上行走，太慢了，今天的记录是修改到第84页，记录下来的漏洞已经有一页纸，这些坑还不知道怎么填上。

母亲大人为我们在茶山脚下的集市买来的夏威夷果（新鲜的）特地在网上淘到了一个工具，真是简便省力，我吃坚果的目标很功利，为了给自己的大脑加点儿机油，明显地，它最近动力不足。一周只能翻译两首诗，手头正在翻译的是加拿大女诗人玛格丽特·阿特伍德的一个很薄的集子，高手可能一个礼拜就能翻完，我看了合同预定的时间，要到明年年底，所以就当作是一个玩意儿，随意玩耍。

多年前，我们一群人在日本高冈的海边散步，当时天已经黑了，我们吃了过量的烤肉，胃里沉甸甸的，越过一个巨大的广场之后，那一边是黑漆漆的大海，我记得人群中有个男人说:"不如我们集体去跳海吧?"我当即附和,这种时候,第一缕海风正好吹拂过来,大海的腥味在黑暗中散发着蛊惑人心的谋杀气质,可以说,他那个集体跳海的提议再好也没有了,可是其他人都没吱声,说实话,我跟那位男性朋友也没有熟悉到要相约一起跳海的程度,少了"集体"这个定语,跳海变成了殉情或者冷冷清清的自杀,好像意思也没有那么大了,在海边坐成一排,看着阴郁的海平面,一直到深夜,那一天是那么结束的。

今天我想起了这个场景,依然觉得,如果那天跳成了海,兴许也是个不错的结局。那么中性而又略带喜剧色彩的死法,太难得了,跟你提起这段往事,只为了解解闷,你倒也不必当真。

2020 年 12 月 16 日

83.

其实她只是找借口要见人家，
无耻之尤

亲爱的 X 先生：

傍晚，母亲大人把扫地机器人黑米的定时提前了一个小时，她本来想要提前两个小时，被我阻止了，那是我们都还在午睡的时间。我最近更是在床上盘桓良久不能起来，早上从苏醒到好不容易起身，要两个小时，下午从躺下到好不容易起身，又要两个小时，加上夜里法定睡觉时间八个小时，统共十二个小时花费在床上。这种堕落的模式一旦建立，就很难改变了。黑米是我们用的第三个扫地机器人，母亲大人每每把家里的人工智能人格化，有时候还会夸赞它们，每天它们工作完毕之后，必然仔细地擦拭，将盘绕在上面的头发，用一种小工具切段，把尘盒里的尘埃倒出来，滤网认认真真地刷干净，她所用的工具，都是购买小机器人的时候随机附赠的，都特别小，有时候，我们竟会为了找这些小工具上天入地的，它们会不小心掉在垃圾桶里，或者在犄角旮旯之内静静地躺着，这样的话，搞不好还得重新购买一只那样的工具，就像是黑米们的剃须刀、毛巾和擦澡巾。

机器人的事，我可能会经常提起，傍晚照例要去社区服务站取快递，我们自从回了思茅，快递总是不断的，一个新家需要数不胜数的东西来填充，总觉得少了哪样都过不下去日子了似的，我特指母亲大人的思想。

我呢，主要在买书，还有一些写毛笔字需要用到的东西，诸如今天买了三刀小时候用过的田字格，分别是5厘米、7厘米和10厘米见方，不一样的是，现在还有黑格子可供选择，甚至在仿古宣纸上的暗金的格子，而过去，只有红格子一种。

今天来了一本厚书，是谷崎润一郎先生和他夫人松子，以及松子的妹妹重子的往复书简，说不好是情书还是什么，他们仨的三角恋和谷崎先生此前把老婆转让给佐藤春夫的故事都是很有名的，但是，一个男人同时跟一对姐妹谈恋爱，好像既不犯法，也不属于乱伦，纯属于风流韵事的范围。谷崎先生一生致力于发展一些作为小说原型的女朋友或者妻子，总是在过通常人们在小说当中才能过的日子。为刚才这个乱伦与否的说法，我还特地去百度了，似乎大家都不置可否的。

我留意到里面松子写给谷崎润一郎的一封信中，提到了一种日本的食物，叫作"滨烧"，脚注说，这是一种将刚刚捕获的新鲜鲷鱼用煮盐的釜锅蒸烤或者盐烤，松子是要让谷崎润一郎到她家来吃比目鱼，比目鱼的做法有类于滨烧，她说的，不知道后来谷崎先生去了没有，说那是樱花盛开的季节，坐在屋子里看着院子里的樱花缓缓降落，然后吃一吃盐制的比目鱼，应该算是不错的享受吧？另外一封信，她提到有人从大阪拿来了阿拉斯加的圆生菜，说是这样的生菜在这里很是罕见。

其实她只是找借口要见人家，无耻之尤。

2020 年 12 月 17 日

84.

每天苏醒困难真是一件

让人烦恼至极的事情

亲爱的 X 先生:

每天苏醒困难真是一件让人烦恼至极的事情,从六七点钟第一次睁眼,打开网易云音乐每日推荐的三十首,音量由低到逐渐升高,我还在一派昏沉之中,如果这还不管用,就打开虾米,继续听它们的每日推荐,也是三十首。网易云音乐我一直以来的设定是比较温和的,民谣、乡村布鲁斯、爵士这类,虾米就比较激烈,会有摇滚乐,轻一点的，重一点的，起到的功能都一样，阻止我继续沉溺于睡眠之中，只有白天，才能听主要听古典乐的QQ音乐。这三个播放器，我都购买了会员，只是有时候会忘掉续费，多数时候，是忘掉了自己的苹果付款密码，为了这件事情，换密码也不知道多少次了。

母亲大人每天临睡前，会在我床边的长凳上放一保温杯比较热的温水，早起她要我喝完这杯水，但总是因为还没能彻底醒来，吞咽功能也跟不太上，喝了几口，口含每日必吃的药片，又复躺下，又昏厥一般睡了两个回笼，到了约莫九点，或者九点半，外面阳光灿烂的，从窗帘下漏出来光。我像是从沼泽地里爬上来的一只毛皮兽，毛皮上全是泥浆，那么万般无奈地起床，从卧室走到客厅，没几步路，像是背负了二十个五公斤重的大铅球一般。

这个铅球人终于吃下了早餐，脑海一片空白，然后回到工作间开始冲咖啡喝，这是催醒的必要步骤。因为预知到早晨头脑会不清醒，头天晚上，我便在烧热水的电壶里注够了水，在洗干净的滤壶内放好了滤纸，将滤壶和杯子放在一起，喝茶的另外那些放到托盘内。

日复一日，无非如此。

今天，我用给你写信作为催醒的第三个步骤，因为给你写信是不用耗费脑子的。从2018年1月开始，恢复了给你写信，到现在已经写了八十几封了，这些信是众人皆可以阅读的，所以既不会在里面说谁的坏话，也绝不泄露真正的私隐。

可是我和你之间有任何私隐吗？你谋杀过我吗？我唯一的一次生命，难道不是因为你的出现，而加快了燃烧，而复盘了前情？没有你的叠加，我不能够成为今日之我，这是肯定的。

昨天说到谷崎润一郎的书信集，临睡前躺在按摩椅内，又看了几封，睡意很快袭来，都来不及跟谁说个晚安，那个时代的人写信，好像两个人在悠闲的空谷当中太极推手，你来我往。信内多谈及的，并没有一件是真正迫在眉睫，或者重大要紧的，都是一些散淡的话题，一些不要紧的闲情逸致。我读过乔伊斯的信，福克纳的信，海明威的信，就数卡夫卡的情书最为让人心脏病几近发作，这个人谈起恋爱来，真是命都不要了，全部的神经、感受和莫衷一是，全都聚拢在那个燃点上。所幸，他死了。

X，南半球是夏天吗？你到海边游泳了吗？还是去悬崖边静静地站着了，你上次给我发的鲸鱼的照片，死的那只真是无比庞大，它的近况如何？是不是皮肉已经腐烂殆尽，只剩下一具骨骸？那么多的鲸鱼搁浅，你还能够看到一只，真是很值得庆幸了。

2020 年 12 月 18 日

85.

一个作家

是不可以跟人谈论正在写的书的

亲爱的 X 先生:

我跟你提过没有,最近我被一本诗集迷得如痴如醉。它在 2010 年,也就是十年前出版的时候,是个黑皮封面、质朴无华的小薄本,首印才 2000 册,后来应该没有加印或者再版了。我觉得这本书里的诗,我可以选出十之八九,是非常喜欢,余下的属于相当喜欢。我没有文学史观,不知道如何节制地表达喜爱,总觉得热烈的喜欢,至少可以存在于书面，可以偶一为之的喜欢，该有多珍贵。

这本书，书名叫什么，作者是谁，我可以找时间另外说，先说说其他事情。

今天我给接近于最后完工的长篇写了不会收入书中的"后记"，每一件工作无声无息地开始，不出所料，断不会浩浩然、大张旗鼓地收尾的，也不是无声无息的收尾，你会觉得奇怪。耗费了所有的能量与才智的一件工作的尾声，如果不是耗费了所有能量与才智，可以迅速地开启另外一个，你会觉得人是没有局限性的。杜拉斯说，一个作家是不可以跟人谈论正在写的书的，我十分同意，不能谈论情节，不能谈论人物，不能谈论篇章架构，不能谈论其中的情感与走向，不能谈论任何一个句子，任何一个词。所以，这简直不是细口瓶的状态，而是封闭的、实心的球。

早上起来后，不能跟人说话，这是我多年以来的习惯，我觉得自己的职业已经改变了自己的生理特性。写东西的人不配有日常生活，有什么工作，居然要一个人用脆弱与敏感去应对？也因此，我的情感与所谓的去爱一个人的欲求，目前为止，只能停留在书面，停留在键盘上敲击出来的这些字符，你让我如何在真实的人世，去找到这么一个人，可以担得起，可以毫无顾忌地接受这样的情感的人呢？我觉得这对于他也是一种暴政，一种冒犯，是本不应该的。即便是轻轻松松地表示一点儿喜爱，都已经足够过界了。

所以，无论你是虚构还是实有的，我并不曾让你受到这样的暴政与冒犯，这些年，我已学会了将浓烈转为清淡，给纯色加上灰度，张开大嘴的瓶子是容易被雨水淋湿的，不如闷口瓶来得安全。你一定说我变了，不再是你印象中的那个"小疯子"，当我侧身向右躺，我想我永远不会再看到你左边的脸的形状和线条，无法感知你呼吸的节奏与睫毛下方的阴影。无论我的触及如何令人心碎，它当然是毫无保障的。今天思茅的天气一如既往地晴朗通透，但是据拥有可以用语音预报天气的小爱的母亲大人说，比昨天下降了四度，她让我穿上她新给我做的羊毛绒的长袍。工作告一段落后，我去洗了个澡，贴身换上了它，温暖、柔软而又亲肤，而且有着我最喜欢一直盖到脚踝的长度，上次，她给我做了另外一件，虽然好看，但是只够得到腿肚子，有点遗憾，这个遗憾，这次可以补上了。

今天是周末，全世界都在放假的状态吧？我不知道，我还有很多要去忙的事情。

2020 年 12 月 19 日

86.

就像被

切走了一只胳膊,或者一条腿

亲爱的 X 先生:

  我在一张破纸头上,把你的名字写了五遍,在第六遍的时候打住了。再多,就变成祈祷文了。不知道我跟你说过没有,我们有几个读诗群,每天都在昏天暗地地读诗,每人一句,语音接龙的形态,昨天,这首短诗引起了大家的热烈呼应。

> 我们恋爱时，我们爱青草，
>
> 爱马厩，爱街灯柱，
>
> 爱整夜空荡荡的窄小的主街。[10]

我们恋爱时，嘴巴里含着一只六味子，都只能品尝出"甜"这一种味道。回想过去，什么时候是我曾经看到了街灯，而专注于看街灯柱的时候呢？我们在长安街上肩并肩走，要从府右街经过天安门西，一路走到天安门东，路边确乎有过一些路灯柱，巨大无比的，从树荫当中透露出来的光，是暖光，那是1996年秋天柔和、毫无攻击性的暖光。

那是中秋节晚上，燕平让我去你家和你们一起吃饭，我记得是四个人，还有一个是她在北京上医学院一年级的表妹，让我也来吃饭是她主张的，据你后来说。那是我第一次见到燕平，而不是经由你口中间接地接触她。通俗地说，我和她应该属于"情敌"，但那是1996年，人与人之间天然地不存在过多的，甚至是大可不必的敌意，这是其一。

其二，真实情况是，你们离婚的进程已经持续了一年不止了，你们两人共同经历了极度的痛苦和纠结之后，对于"夫妻"这个关系的执念逐渐松动了。

"就像被切走了一只胳膊，或者一条腿。"你曾经这样形容这种分割。这种形容在多年之后，我从旅美作家哈金口中亲自听到过，他形容的是自己不用母语写作的那种分离的痛苦，其实也是一种爱的分离，一种情感的隔绝，一种习惯的终止。你爱过燕平，那种爱定然是非常深刻的，这是毋庸置疑的，后来她爱上了别人。然后呢，我来到北京，在中秋节之前一个月吧，也许。我们在一起的时候，经常会提起燕平，据你说，你和燕平在一起的时候，毕竟你们当时还在一个屋檐下一起生活着，也常常提及我。我想，我们是如何提及她的，很自然地，你们也就是如何提及我的。

那天晚上吃饭的情形是很有意思的，你们还是像两口子一样，在走廊搭起来的简易厨房那儿一起做饭，你不停地大声地呼喊着她的名字:"燕平,给我递下生抽。"或者"燕平,这会不会太咸了啊,你来尝尝,我吃不出咸淡。"我和表妹在屋子里坐着,一张可以折叠的四方桌子,表妹坐在我对面,我们也许在嗑瓜子,她不停地吃吃地笑着,一个微胖的、难掩天真之气的医学生。开饭的时候,燕平坐在我的左侧,你坐在我的右侧,我还记得那天有糖醋排骨,有青菜汤,有茄子煲,是你们惯常的家常菜。你给我夹菜,她也给我夹,让我多吃点,不要客气。

"你实在太瘦了。"燕平看着我说,她的睫毛格外地长,她其实是个特别耐看的女孩儿。

"确实是,我现在只有88斤,44公斤。"

到今天,24年过去了,我仿佛还听得到这段对话。

2020 年 12 月 20 日

注 释

1 以千计,巫昂的系列侦探小说中男主人公的名字。——编者注
2 五楼,可以说是赫拉巴尔的一种迷信、对这个数字的执念,他本人最终也从五楼坠落。
3 引自法国作曲家乔治·比才创作的歌剧《卡门》选段,主人公卡门在剧中的咏叹调《爱情像一只顽皮的鸟儿》,曾育然译。
4 引自《我是谁》,[捷克]博·赫拉巴尔著,星灿、劳白译,中国青年出版社,2004年。
5 引自《你读过赫拉巴尔吗》,[捷克]托马什·马扎尔著,刘星灿译,中国青年出版社,2010年。
6 巴比代尔,赫拉巴尔独创的一种人物类型,他们"用知识分子的脑子过着劳动人民的生活"。
7 引自《开垦地:诗选1966-1996(上)》,[爱尔兰]谢默斯·希尼著,黄灿然译,广西人民出版社,2018年。
8 引自《存在主义咖啡馆:自由、存在和杏子鸡尾酒》,[英]莎拉·贝克韦尔著,沈敏一译,北京联合出版公司,2017年。
9 引自《让我们继续沉默的旅行:高桥睦郎诗选》,[日]高桥睦郎著,田原、刘沐旸译,湖南文艺出版社,2018年。
10 《情诗》,[美]罗伯特·勃莱著,傅浩译。

图书在版编目（CIP）数据

仅你可见 / 巫昂著. -- 上海：上海文艺出版社,2023.12（2024.9重印）
ISBN 978-7-5321-8874-1
Ⅰ.①仅… Ⅱ.①巫… Ⅲ.①随笔－作品集－中国－当代
Ⅳ.①I267.1
中国国家版本馆CIP数据核字(2023)第197062号

出 品 人：毕　胜
策　　划：无有定论Unending
责任编辑：解文佳
特约编辑：李　洁　刘美慧
书籍装帧：崔晓晋

书　　名：仅你可见
作　　者：巫　昂
出　　版：上海世纪出版集团　上海文艺出版社
地　　址：上海市闵行区号景路159弄A座2楼 201101
发　　行：上海文艺出版社发行中心
　　　　　上海市闵行区号景路159弄A座2楼206室　201101　www.ewen.co
印　　刷：上海中华印刷有限公司
开　　本：787×1092 1/32
印　　张：11.375
插　　页：2
字　　数：136,000
印　　次：2023年12月第1版 2024年9月第3次印刷
I S B N：978-7-5321-8874-1/I · 6992
定　　价：59.00元
告 读 者：**如发现本书有质量问题请与印刷厂质量科联系　T: 021-69213456**